O —

editora Urutau

rua do cajú, 478,
jardim das cerejeiras
06724-015
cotia-sp (brasil)

avenida peirao besada, 6 – 2D
36163 poio-pontevedra
(espanha)

[+34] 644 951 354 [espanha]
[+55] 11 9 4859 2 426 [brasil]

www.editoraurutau.com.br
contato@editoraurutau.com.br

[editora]
debora ribeiro rendelli
[revisão]
juliana palermo
[projeto gráfico]
wladimir vaz
[coordenação gráfica]
tiago fabris rendelli
[diagramação]
victor h. azevedo
[capa]
victor h. azevedo, sobre fotografia de remy penet

dados internacionais de catalogação na publicação (CIP) de acordo com ISBD

	Jaminho
J32m	Mitologia pantanal / Jaminho. - Cotia : Urutau, 2023. 204 p. ; 14cm x 22cm.
	ISBN: 978-65-5900-550-5
	1. Literatura brasileira. 2. Prosa. I. Título.

2023-2095

CDD 869.985
CDU 869.0(81)

Elaborado por Vagner Rodolfo da Silva - CRB-8/9410

MITOLOGIA PANTANAL

JAMINHO

[primeira edição]
URUTAU
setembro de 2023

sumário

Lendas do Itatim

La tierra del Itaati asi se llama por los
muchos pedregales de puntas afiladas que tiene.
Tambiém por los morrotes de piedra y otros grandes,
que se asemejam a unos narizes de los dioses tumbados nel suelo.

#guavira

A lenda da guavira é uma narrativa originada na tribo Layana, quando dos tempos do padre Diego Ferrer, que administrava a Missão da *Natividad de Nuestra Señora de Taraguy*. Conta-se que uma indiazinha jovem, por nome Anaíra, foi trazida de junto de sua família para ajudar a índia mais velha que cuidava das coisas do padre: limpava a casa e a igreja, cozinhava e lavava a roupa. Iracema passou a ensinar a ajudante, que aprendia rápido e logo estava costurando muito bem, limpando tudo e cozinhando como poucas. O que mais alegrou o padre foi o quanto a *cunhataí* aprendeu bem todas as orações, os cânticos em latim, que vivia a cantarolar enquanto fazia os serviços domésticos.

Naqueles primeiros dias da Missão, o padre Ferrer vivia muito ocupado, arrebanhando índios e semeando roças, dividindo os terrenos para cada família e ainda se embrenhando pelas matas, atrás do cacique Ñanduabuçu, que vivia desconfiado dos padres, achando que eles iriam entregar os *avás* para os brancos escravizarem... Iracema e Anaíra viram quando os homens ergueram um engenho de cana, uma fornalha de barro, um celeiro de pedra e madeira serrada. Mas ainda faltava a bica de água para a fonte central, de onde todos os índios da Missão iriam se abastecer. Por enquanto, iam buscar no olho d'água ou no ribeirão, que ficava mais distante, cerca de mil passos...

Num dia em que o padre estava distante, já há muitas luas longe da Missão, procurando o cacique Ñanduabuçu, a índia velha

Iracema descobriu a razão de tanto agrado, tanto presente que o índio Uaná vinha trazendo para casa... Como não tinham vacas ainda, estavam criando galinhas, mas Uaná, apaixonado, ia caçar todo dia e vinha com patos, marrecos, perdizes e jacus... — tudo bicho que ele acertava com suas flechas de mira certeira ou prendia em suas arapucas. A bica de água estava quase pronta, e os índios ficaram fazendo o serviço para aprontar logo, indo só uns poucos deles acompanhando o padre em suas andanças... Iracema tinha de cozinhar pra todos eles que trabalhavam na bica, e andava fazendo isso num burro só, cara enfezada.

Anaíra seguia buscando água no ribeirão, para levar para a casa, ou lavando a roupa lá longe, onde ia buscar depois de secas e limpas; era por lá que se deitava com Uaná, ou de noite, quando deixava Iracema adormecida na rede e se esgueirava atrás dos pios de coruja, dos assovios de jaó e das vozes de curiango, que Uaná imitava dando sinal para a amada... Anaíra ia para o rancho em que Uaná vivia e ficava a poucos passos do fundo da igreja e da casa do padre. E nessas madrugadas de mariposa atraída pelo lume da vela foram-se muitas luas...

Quando o padre Ferrer regressou, Iracema contou a história do amor de Anaíra e Uaná, tentando disfarçar o ciúme, porque Uaná não mais a procurava e nem nunca tinha trazido carne de caça nem nada de presente para ela. O cúmulo de sua raiva e inveja se deu quando Anaíra ganhou de presente do amado Uaná um periquito maracanã. Iracema esbravejou e intimou o padre Diego Ferrer para que tomasse uma decisão, que mandasse embora de volta a índia Anaíra. Sua vingança e maldade foi tiro que saiu pela culatra. O padre resolveu casar os dois nos sagrados laços do matrimônio, já na próxima leva de casais índios que seriam unidos pelos rituais da Santa Madre Igreja, como muitos haviam sido nos primeiros dias da Missão.

O tempo era curto, e Iracema se viu sem saída, ainda mais porque a barriga de mulher prenhe, grávida, da indiazinha Anaíra já estava aparecendo; ela teria uma das primeiras crianças a nascer na Missão de *Natividad de Nuestra Señora de Taraguy*... Os serviços continuavam. A bica d'água estava pronta, todos podiam se abastecer na fonte central. Os afazeres com a colheita do milho prosseguiam bem, a construção de casas de pedra, de ranchos de taquara cobertos de palha também; a moagem da primeira leva de cana para açúcar estava em andamento, trazendo para a Missão muito barulho, muito movimento, uma vida de plena azáfama...

Ninguém viu nem percebeu quando Iracema foi atrás de Anaíra, que tinha ido lavar roupa lá no ribeirão. Ela foi mangueando, escondida, silenciosa feito uma fera predadora consumida pelos ciúmes... Escutou os resmungos de Anaíra e os avistou atrás duma moita de caraguatá. Uaná suspirou alto e forte, sofrenou os movimentos e depois se aquietou, sem saber que estavam sendo observados... Quando Uaná saiu de cima de Anaíra, nem se demorou muito em conversas e foi de volta para a Missão reunir-se com os outros índios, seguir nos trabalhos... Anaíra nem saiu da moita, recebeu uma paulada por detrás, morreu ali mesmo. Iracema a puxou e jogou dentro de um buraco que cobriu com pedras e terra, o local estava cheio delas, pois era um morrote pedregoso de onde o padre e os índios haviam tirado terra, pedregulhos e areia para as construções da Missão.

O sumiço de Anaíra só foi percebido no outro dia... Uaná foi acusado de ter matado a amada; procuraram por todo lugar à beira do ribeirão, pensaram que ela podia ter sido engolida por uma sucuri, pelo Minhocão, mas não se chegou nem perto da verdade... As chuvas chegaram cedo naquele ano, antes do final de agosto as tempestades caíram derramadas. No finzinho de setembro, nasceram arbustos por todo o local onde Anaíra estava enterrada, e logo floresceram florezinhas brancas de miolinho amarelo. Dali um mês amadureceram as frutas, era a guavira. Foram os curumins os primeiros a encontrarem; colheram e chuparam as frutinhas. Trouxeram para as mães, que logo acorreram ao guaviral. Iracema chorou ao perceber que era o espírito de Anaíra morta. Confessou o crime ao padre e também contou para as outras mulheres; todos lhe viraram as costas, ninguém nunca mais falou com ela. Foi encontrada morta no ano seguinte, num final de tarde, quando os bugres voltavam do guaviral.

#urutau

A lenda do urutau possui várias versões, uma delas conta a história de dois jovens amantes, os indiozinhos que moravam na Missão de *Los Angeles de Taruaty*, uma das muitas missões que os padres fundaram no Itatim, no Paraguai, quando se iniciava o século XVII. Era uma Missão guerreira, pois, além dos índios desconfiados e contrários à catequese dos padres, liderados muitas vezes por xamãs enciumados, enfrentava também os ataques dos castelhanos que corriam a apresar índios para as chamadas *encomiendas* e que, naquele tempo, tinham um posto avançado: a vila de Santiago de Xerez, nas margens do rio Aquidauana. Nesse tempo, também começaram os ataques e as invasões dos bandeirantes paulistas, que iam até o oco do sertão para capturar índios para serem usados como escravos nas lavouras das gentes de São Paulo da Piratininga. Tantas foram as invasões, os ataques, que os bandeirantes acabaram por destruir todas as Missões do Itatim; e o pouco de padres e índios que restou foi deslocado para localidades abaixo do rio Ypané, boa parte deles foi morta ou caiu presa dos paulistas, indo ser escravo na capitania de São Paulo; outro tanto de índio fugiu, voltou a viver junto aos bugres livres ou fundou novas aldeias.

Antes que toda essa matança e destruição acontecesse, foi que se deu a história de Kaí e Katira. Então eles eram casadinhos de novo, inclusive na religião de padre, moravam na Missão e tinham sido batizados na segunda leva de gente ameríndia aldeada pelos jesuítas, depois que os bandeirantes tinham atacado Taruaty e levado muita gente. A Missão tinha sido fundada há coisa de três anos, e seria atacada mais duas vezes quando daí foi presa, morta ou debandou a indiarada toda... Kaí cuidava dos pequenos rebanhos de cavalos e vacas; também aprendia as artes de construir com pedra e de trabalhar a madeira serrando, aplainando, ajustando encaixe. Não fazia parte do grupo de índios que cuidavam das plantações, dos roçados. Ele também tinha construído com os outros a casa de madeira coberta de palha em que morava com Katira, com um puxado de bacuri, onde ficava o fogão e outras tralhas de cozinha, panelas, copos e pratos que o padre tinha dado. Os padres desgostavam da precocidade sexual dos bugres, de como muito cedo já se iniciavam nas práticas, mas viam com bons olhos a rapidez com que tinham que assumir os papéis de gente grande, as responsabilidades sociais adultas perante a tribo, e isso apoiavam e incentivavam.

Coisa que Kaí gostava era de pescar, e isso foi sua perdição. Numa tarde em que foi tentar buscar alguns peixes para Katira moquear na janta, os homens que caçavam o gentio para o povo de Santiago de Xerez o pegaram de traição, amarraram e surraram o índio Kaí, levaram para trabalhar nas plantações, depois foi vendido para escavar nas minas... Katira esperou naquele fim de tarde e em outro. Avisou ao padre e aos outros índios missioneiros o sumiço, eles deram batida por tudo quanto é canto, mas não encontraram Kaí. Katira foi ficando triste demais, chorosa em silêncio, fazia o serviço da casa e da Missão sempre quieta, muda, não mais cantava as músicas sagradas, os hinos do catecismo, nem conversava com as outras mulheres. Muitas e muitas tardes ficou esperando a volta de Kaí, solitária, olhando longe, caminhando em volta do mato do fundo do rancho, indo e vindo pelo trilheiro que ia dar na beira do rio, esperando algum sinal — que um milagre acontecesse de ele regressar...

O tempo escorreu devagar, como uma reza que vai deslizando as pontas dos dedos pelo rosário, doído e triste, como é o tempo dos que sofrem... Katira já nem mais ligava para o filhinho que ela e Kaí tiveram, as outras mulheres é que cuidavam dele lá na casa perto da igreja do padre. Todo final de tarde, ela percorria os mesmos caminhos, buscando algo que lhe dissesse que Kaí estava vivo, que ele estava voltando... Certa feita, na boca da noite, a lua nascendo avermelhada, ela escutou um lamento, um pio, como um chamado de Kaí. Correu para perto da mata de onde partia aquele grito rouco, aquele som parecido com a voz de alguém que sofria, que chorava, que pedia socorro. Escutou mais vezes. Chamou por Kaí, perguntou onde ele estava, o que queria lhe dizer, pediu para ele aparecer e vir pegá-la. Ele só cantava, cantava triste. Nada mais aconteceu... E, alguns dias, depois o canto aquietou, sumiu. Katira ia procurar pelos matos, fazia os mesmos percursos e até se distanciava mais da Missão, mas não mais ouviu o lamento do companheiro.

No outro ano, quase na mesma época em que Kaí tinha sumido, ela escutou de novo o chamado, o canto de lamento, e suas esperanças se renovaram. Saiu no rumo do grito tentando responder, arrancando da garganta aquele som de tristeza, como que um pedido de ajuda. Vagou na beirada dos matos tentando ver Kaí. A noite não tinha chegado de todo, mas ela podia ver o céu bem estrelado, a lua se levantando preguiçosa e clara, o canto de outros bichos, o barulhinho dos grilos, dos sapos no brejo lá ao longe. Voltou para casa já noite alta, andando pelos trilheiros iluminados pela luz baça da lua, ouvindo só o pio dos curiangos. O canto que era o chamado de Kaí tinha emudecido...

Foi mais uma vez, e outra, e mais outra. As mulheres da Missão já nem lhe prestavam mais atenção, tinham percebido que ela virara uma *tauy*, enlouquecera, que era um fantasma vivo que vagava pelos matos respondendo pio de agouro de pássaros, uma alma em desalinho com o corpo. O padre a benzia todos os dias, muitas vezes rezaram o terço junto, mas Katira estava consumida de fiel amor, pouco melhorava... Então, num daqueles dias, ela escutou de madrugada o chamado de Kaí, faltava coisa de hora para amanhecer. Ela desceu da rede rápido, foi andando em direção aos matos de onde havia vindo o canto encantado e lamentoso, feito de um condenado que sofria... Era o seu Kaí. Respondeu de volta como vinha fazendo quase toda vez, mesmo sabendo que as mulheres não gostavam disso, pois os cachorros latiam, as crianças ficavam com medo e se punham a chorar. Foi ligeiro pros matos, cantando em resposta ao chamado de Kaí. Katira desapareceu e nunca mais foi vista.

No outro ano, as índias perceberam que havia dois cantos de lamento na beira dos matos mal a noite vinha e a lua ainda estava baixa no céu. Era o início da temporada de chuvas, das formigas de asas, dos pirilampos. Um cantava, e o outro respondia; um avisava, outro chamava, parecendo chorar e sofrer. Era o urutau, a ave em que Kaí e Katira tinham se transformado, um bicho que vivia empoleirado nos paus secos — como do cajado dos tempos de pastor de Kaí — e botava apenas um ovo na ponta do pau seco, para criar um filhote só, como o filho único que tiveram e que Katira abandonou, desvairada de saudades e amor de viúva, aos cuidados das outras índias, sob as ordens do padre. Não puderam viver o amor como seres humanos, foram viver transmutados em pássaro da noite.

#nhandu

A lenda do nhandu é uma narrativa ligada à Missão de *San José de Ycaroig* e ao cacique Ñanduabuçu, líder da resistência ameríndia aos *encomenderos* castelhanos que fundaram a vila de Santiago de Xerez, às margens do rio Aquidauana, e faziam corridas a todos os grupamentos indígenas do Itatim. Quando os jesuítas chegaram, a indiada estava mais desconfiada do que nunca, e foi muito difícil aos padres estabelecer contato e posterior redução dos ameríndios nas chamadas Missões.

Entre os caciques, destacou-se Ñanduabuçu por sua esperteza e desconfiança junto aos padres. Ele demorou a deixar-se ver, vivia se escondendo, mandando recados falsos, avisando de encontros e entrevistas a que não comparecia, mandando outro índio em seu lugar, ou indo disfarçado de simples soldado, de servo, que ouvia, escutava e ia decidir depois de terminada a parlenda entre os padres e os representantes dos índios. Só que um ataque dos bandeirantes paulistas aprisionaria Ñanduabuçu e muitos de seus patrícios. Da prisão, e da possível morte e certeira escravidão, o cacique escapou graças à intervenção do padre Nicolas Henard junto a um tal de Ascenso Quadros, capitão-mor de bandeira.

Amparados na esperteza e capacidade de negociação de Ñanduabuçu, muitos caciques de outras aldeias e tribos, de culturas distintas, acabaram por se reunir num conselho de caciques e tribos (sob a liderança de Ñanduabuçu, considerado desde então mítico e mágico por ter sido salvo pelo padre Nicolas) para enfrentamento aos ataques dos bandeirantes ou dos *encomenderos* e posterior decisão do que fazer a respeito dos padres e suas propostas, às quais resistiam muito, mas eram infinitamente melhores que a morte ou a escravidão. O nome do cacique veio dos trajes com que andava paramentado, um imenso cocar de penas de ema, um saiote não menos chamativo também das penas do nhandu, cajado com plumária vistosa no alto, colares de dentes de caça, pequenas plumas e ossos de aves.

Quando os ataques dos bandeirantes acabaram por desfazer as tantas Missões localizadas no Itatim e os padres abandonaram a região, levando um tanto de bugres para as cercanias do rio Ypané, o cacique Ñanduabuçu sobreviveu ainda alguns anos, reorganizando as tribos das gentes ameríndias que não tinham morrido nas correrias dos mamelucos paulistas, que não tinham seguido os padres para se estabelecer nas Missões mais ao sul do Paraguai. Depois de alguns anos, morreu. E seus ossos foram sepultados num campo de cerrado limpo, numa macega de capim próxima a um cupinzeiro, uns tantos caraguatás e pés de espinheira que surgiram no exato local da entrada da antiga Missão de *San José de Ycaroig* destruída pelos bandeirantes e abandonada por índios e padres. Nhande Ru, o deus-luz, então achou por bem trocar os cuidados dos filhotes de ema da fêmea para o macho, e a indiada do Itatim viu pela primeira vez um nhandu macho ajeitar ninho onde às fêmeas vinham botar, e depois ele chocou os ovos de suas parceiras, sobre a tumba de Ñanduabuçu. Depois de dias, os ovos eclodiram, para alegria da bugrada, e o pai se pôs então a vagar pelas campinas do Itatim, ensinando os filhotes pernudos e pescoçudos a comer insetos, larvas, alguns frutinhos... Até crescerem e se tornarem a maior das aves do Chaco Boreal, correndo pelos campos limpos a sacudir as asas, que relembram o cocar do imenso cacique Ñanduabuçu.

#pequi

Em *San Benito de Yutay*, uma das Missões do Itatim nos primórdios do século XVII, vivia o indiozinho guaná Pety, que estudava na escola missioneira conduzida pelo padre Domingo Muñoa, onde aprendia a ler e escrever, a fazer contas e o catecismo. O gurizito Pety até gostava muito da escola, mas o que mais o fazia não faltar nunca às aulas, obedecer ao padre e seguir todas as suas ordens, eram a beleza da cunhataí Iracy e as aulas de música. Pety cresceu admirando sua amada de pele cor de bronze, os cílios longos, preguiçosos, que piscavam os olhos se demorando um instante a mais, para depois se abrir feito uma flor de maracajá. Os cabelos negros luzidios refulgiam feito os luceros nas noites sem nuvens... Pety cresceu tonto de amor.

Ficava muitas horas cuidando dos bichos e tocando sua flauta, pensando em sua amada. Mas o amor de Pety tinha um grande problema: Iracy era filha do chefe e estava prometida para outro rapaz, Jaguaruna. Mesmo assim, ele colhia flores nos prados e oferecia para Iracy. Aventurava-se nos matos, donde trazia caça e mel. Chegou a presentear Iracy com uma caturrita filhote, que lhe custou muito sofrimento e esforço para trepar, enfrentando os espinhos e o tronco roliço do coqueiro, até o oco onde estava o ninho, bem no alto da palmeira. Iracy aceitava tudo com carinho, pois também gostava de Pety.

Jaguaruna percebeu que o assédio e as artes da conquista que Pety fazia à sua prometida vinham obtendo sucesso, pois ela estava todos os dias sorrindo e mostrando os agrados que recebera do rival. Desfilava sempre com as flores pelos cabelos, lambia o mel presenteado, passeava com a caturrita já crescida e emplumada, começando a falar os primeiros nomes e palavras. Entre elas: Pety, Pety, Pety.

Meses depois, Jaguaruna negaceou e viu quando Pety e Iracy se entregavam um ao outro nas artes do prazer numa moita de mato lá perto da lagoa. Nem todo seu cuidado, toda sua vigilância tinha podido evitar a loucura dos dois... Um ódio surdo lhe subiu aos miolos. Trincou os dentes, fechou os punhos, uma baba gosmenta lhe escorreu da boca, e ele socou a lança no chão repetidamente. Arrependeu-se e puniu-se mil vezes olhando para o céu por não ter matado Pety como tantas vezes se prometera. E agora estava ele ali, filho do chefe, vendo o coisiquinha de nada fornicando com sua prometida... E pior: ele também gostava um pouco de Iracy! Mas o maior dos males era o orgulho ferido, a possibilidade de Iracy anunciar que Pety a tinha conhecido como mulher, como fêmea, e então todo o prometido por seus pais estaria desfeito; mais a derrota, a vergonha de ter sido passado para trás; de que o filho do chefe e futuro cacique perdera sua mulher para um indiozinho *dja vorai* qualquer que se deitara com ela... Isso não passaria... Isso ele não podia deixar acontecer! Seria seu fim, sua derrota e humilhação completa. Nunca mais seria visto com respeito, talvez nem a cacique chegasse mais...

Avançou decidido para o casal tão logo eles se desembaraçaram do enrosco. Enfiou a lança no peito, nas costelas, nas costas de Pety, que reagiu e tentou correr, mas foi apenas respingando sangue pelo mato num trecho curto, para logo cair e morrer; esvaído de todo o sangue, tinha sido ferido de morte nos lançaços. Jaguaruna obrigou Iracy a ficar quieta e ajudar a enterrar o corpo. Disse que a perdoava, mas em troca ela ficaria em silêncio e se casaria com ele, senão poderia ser morta pelo que tinha feito. Ele mesmo a mataria. Iracy tinha poucas escolhas... Quando o casamento de Jaguaruna e Iracy foi celebrado, todos comemoraram felizes, sem saber o que havia por trás de tudo; quase ninguém se recordava de Pety, pensavam que ele tinha caído no rio ou sido capturado pelos caçadores de índios para escravizar, os castelhanos de Santiago de Xerez...

No outro ano, no trecho à beira da moita de mato, grandes árvores tinham crescido de modo muito rápido sobre o rastro do sangue deixado por Pety! Estavam florindo flores brancas e felpudas. Delas resultou um fruto verde, com cocos dentro que lembravam um testículo. O caroço tinha uma polpa fina, alaranjada; dentro dela, centenas de espinhos. A árvore era grande, oferecia sombra, mas a madeira, mole, frágil e quebradiça, não poderia ser usada para lanças ou tacapes; a fruta de gosto forte e enjoativo tinha de ser raspada com os dentes de modo suave: lembrando os sabores, a suavidade e o perigo que perseguem os apaixonados; os espinhos podiam espetar a boca de quem comia, como a dor e o ferimento dos que são mortos de forma traiçoeira — e também como o padecimento de quem ama e é separado do seu amor... Os galhos eram grandes e retorcidos, desiguais, lembrando os destinos mutantes, imprevisíveis, que movem todos os seres possuídos pelas energias caóticas, entre o claro e o obscuro, que deslizam pelas veias dos seres apaixonados... A folha da árvore era semelhante a uma palma de mão humana, donde nem sempre se lê com exatidão o destino. Assim nasceu o pequi.

#cavalo

A lenda do cavalo se deu na Missão de *Nuestra Señora de Yatebó* — que foi uma união entre Tepoty e Andirapucá, fenestradas pelos ataques das bandeiras paulistas em meados do século XVII. O local da Missão é controverso, mas o mais provável é que as ruínas existentes ainda hoje no vácuo deixado pelas duas porções do Parque Nacional da Serra da Bodoquena — na exata transição em que o planalto se eleva abrupto da vastidão dos baixios pantanais —, chamada de região do Sumatra, em terras da fazenda São Jorge da Serra, tenha sido o sítio de sua breve existência. O local foi visitado por meu primo, José Cavalheiro, servindo de guia para dois pesquisadores franceses (Gustave Balz e Honoré Flaubt), munidos de vários apetrechos e máquinas, entre eles uma geométrica asa delta — que atraiu curiosos olhares de caranchos e urubus —, com a qual fizeram voos para filmagens e fotografias. Ali pode ser observado o lastro de piso de três grandes construções, um resto de quadrilátero retangular com os cantos ainda lembrando as paredes de pedra; vários e intricados canais de pedras que sugerem — ainda que de modo vago — uma engenhosa arquitetura de um aqueduto *michimî*. Uma caverna pequenina, com divisões e cômodos notavelmente indicando a intervenção humana em suas construções. Há também um poço — que quase engole e ceifa a vida de um dos pesquisadores — e as fotos recolhidas por um drone e pelos pilotos na asa delta, mais os vídeos recolhidos só pelo drone. Isso não deixa dúvida de que outrora ali foi uma Missão ou algo parecido, mesmo sob a densa vegetação que cresceu através dos anos, quase sepultando os — aproximados — dois hectares do local quatro séculos depois...

Para *Yatebó* foi designado um jovem jesuíta, Pedro Romero, aluno do inigualável Antonio Ruiz Montoya, com quem Pedro aprendeu o guarani, e que era exímio linguista, rápido e intuitivo nas artes de entender, grafar e gramaticar os idiomas ágrafos das várias nações ameríndias centro-sul-americanas. Em *Yatebó* isso se fazia necessário, pois a Missão estava muito próxima das tolderias dos kadiwéu, e a redução desses índios brigões, voluntariosos e arredios aos sistemas obrigacionais missioneiros significava uma vitória para a Companhia, bem como uma ajuda e tanto para enfrentar os mamelucos paulistas, e outra ainda maior para cessar o roubo e ataques dos mesmos kadiwéu à Missão, onde buscavam crianças, mulheres e servos cativos em meio à já reduzida população arrebanhada pelos padres (as décadas de ataques de *encomenderos* e bandeirantes havia encolhido muitíssimo a população nativa).

> "Uma vez os Kaduweo roubaram um cavalo. Eles não sabiam qual era a sua utilidade e não estavam

> satisfeitos com ele. Para que serve este monstro? *Ibis* ouviu e disse aquilo ao *Ninigo* (filho de *Gô-noênohôdi*). Este pegou uma fruta de jenipapo e fez tinta. Pintou sobre a lua um homem montado num cavalo. O retrato não saiu muito bom, porém os Kaduweo o viram e o compreenderam. Fizeram uma sela e montaram no cavalo. Desde então, eles tiveram muitos cavalos." (Loukotka, 1933, p. 260)

Esse texto resume o mito kadiwéu da domesticação dos cavalos, apolikans, citado pelo pesquisador tcheco. Mas há anotações pertinentes ao mito e à façanha dos índios cavaleiros ao domesticarem o cavalo nas páginas do *Gramathica Guaikurue*, de Pedro Romero. Na Missão de *Nuestra Señora de Yatebó*, vivia um rapazote criado pelos padres, cuja mãe era guaicuru e cujo pai foi possivelmente um acompanhante dos paulistas, filho de escravos, pois o rapazola tinha fortes traços de negros, desde o tom da pele, passando pelos lábios e findando nos cabelos bem cacheados. Era um típico bastardo e mestiço, que poderia ter sobrevivido na tribo kadiwéu, pois esses não matavam crianças filhas só de mãe, como era feitio dos guaranis e, esporadicamente, em algumas situações, dos aruaques. Em todo caso, o gurizote era muito bom de trato, prestativo e agradecido por viver entre os padres, comungando da atribulada vida de afazeres que caracterizava o cotidiano das Missões. O que não significava pouco, indo desde a aprendizagem do latim para as litanias da missa, passando pelo ler e escrever o guarani, alguma coisa da língua pátria do religioso, a aritmética e os ensinamentos práticos como cerâmica, artefatos em madeira, construção de casas com pedras, tijolos e os elementos dos ameríndios, pesquisados, respeitados e muitas vezes utilizados pelos padres em suas Missões. O gurizote parecia gostar muito de tudo, e ainda mais porque naqueles tempos havia muita guerra e correrias, sendo muito menos perigoso (para ele) estar protegido dentro de uma Missão, ao lado dos padres, à sombra da Cruz.

Segundo nos deixa entrever a *Gramathica Guaikurue*, o rapazola muito auxiliava o padre Pedro Romero, sendo uma espécie de faz-tudo, mas o que mais agradava e satisfazia ao religioso era o serviço prestado como intérprete e facilitador da aprendizagem da língua guaikuru, então o objeto de desejo mais rico na vida do sacerdote — e razão máxima de sua designação para a Missão *Nuestra Señora de Yatebó*. Não nos custa lembrar que Dom Pedro Romero havia sido o aluno mais distinto e precioso na aprendizagem do guarani de todos os indivíduos da Companhia para quem Padre Antonio Montoya tinha repassado as complexidades e nuances da língua mais utilizada no Paraguai colonial.

Certa manhã o padre deu por falta de Pedro Nabidi, como era chamado pelos guaicurus. A mãe do rapaz disse que ele tinha se levantado ainda mais cedo e ido confabular com os patrícios nas tolderias, já bem adentrado o Pantanal. Os bugres vieram de lá junto de Pedro, se estabelecendo em localidade mais perto da Missão. Daquele dia em diante, Pedro e os kadiwéu se puseram a caçar e amansar os cavalos chimarrões que havia ali em volta da Missão. Nabidi fez então padre Romero ver a importância de se conseguir mais gado, para se ter mais couro para os laços e outros apetrechos, pois a vacada era pouca, e os couros dos cavalos mortos nas tropelias não davam conta nem eram os mais adequados para certos tipos de instrumentos. Quase por acaso perceberam que o couro do cervo pantaneiro era muito elástico e resistente para se fabricar laços... Seguiram bagualeando a cavalhada.

Quando *Nuestra Señora do Yatebó* foi atacada pelos bandeirantes de Raposo Tavares, os guaicurus defenderam o quanto puderam a Missão com sua horda de índios cavaleiros, mas uma boa parte dos índios caiu prisioneira ou foi morta pela paulistada, que perdeu muito mameluco e índios para os guaikurus. As armas de fogo dos paulistas não foram muito acima das lanças, flechas e bordunas dos bugres montados, sem contar o fator surpresa da força equestre da bugrada. No entanto, os bandeirantes sofreram sérios reveses e bateram em retirada com menos tralhas e saques do que haviam chegado, dando graças por escaparem com vida! Padre Romero foi feito prisioneiro, depois seria libertado para ir ter com os seus, Paraguai adentro, lá nas Missões abaixo do rio Ypané. Conseguiu enviar um couro-carta de veado para Pedro Nabidi por um mameluco abugrado paulista que lhe fazia guarda e prometera entregar indo se juntar ao povo de Pedro Nabidi. Nele estava escrito em língua guaikuru para que Pedro Nabidi não fosse tentar resgatar seu padrinho e mestre, que as Missões do Itatim iam desaparecer, pois os padres haviam recebido ordens de não mais aldear e reduzir índios para que os mamelucos paulistas viessem matá-los ou aprisioná-los, levando-os para a escravidão; era melhor que ficassem lançados à própria sorte, mais fáceis de serem transformados em mitaios na economia colonial paraguaia...

Em suas anotações, o padre conta o sonho que Pedro Nabidi teve sobre o mito kadiwéu da serventia dos cavalos. De como numa madrugada de céu limpo, lua clara, acordou muito cedo e olhou para a lua imensa, redonda, quase um espelho pendurado no firmamento, vista da varanda da casa em que viviam ao lado da igreja. Foi então que Pedro saiu à cata dos kadiwéu para caçar e amansar cavalos, e resistirem aos ataques dos bandeirantes... Isso pode ter salvado tribos inteiras e ter criado a lenda dos índios cavaleiros.

Pedro não foi procurar seu padrinho, ficou vivendo entre os kadiwéu, para os quais sempre recontava o mito e o momento em que vira a lua arenosa lhe indicando um caminho para a sobrevivência... Mais que isso, acabaram formando um exército imbatível, que existiria em luta por mais de cem anos. Logo depois da destruição da Missão, os índios cavaleiros deixaram de se dirigir a ele como Pedro Nabidi (Pedro Preto), e passaram a chamá-lo de Pedro Yelogotibigi, depois apenas de Yelogotibigi, que significa madrugada; por conta daquela hora fatídica, coisa pouca antes do amanhecer, em que viu a lua cheia muito nítida e se lembrou de que tinha muito cavalo xucro pelo Pantanal e para o que eles poderiam servir... Pois Ninigo havia pintado com tinta de jenipapo na lua indicando.

Aí está o relato de Pedro Yelogotibigi, um mestiço quase mágico de mãe guaicuru com pai filho de negro e índia, que foi criado pelos padres e de um deles recebeu até o nome; ficou sendo o Pedro, Pedro Madrugada.

#cigarra

A Missão de *Nuestra Señora de Andirapucá* nos legou o mito guarani da lenda da cigarra, um inseto misterioso que passa a maior parte de sua vida debaixo da terra, de onde sai nos meses do retorno do calor e das chuvas, termina a metamorfose de modo rápido e se põe a voar pelos ares, pousando de árvore em árvore, arbusto, galho, folha, poste, cupim, esteio, qualquer superfície que encontre. Se for macho, cantará, cantará e mais cantará, até encontrar/atrair uma fêmea para acasalar — e assim fará até exaurir sua força fecundatória... (até hoje me causa arrepios vê-los voar copulando). Claro está que, antes disso tudo, algum pássaro, um gato, um macaco, as galinhas podem fazer da cigarra um *djakaru*. Depois a fêmea deposita os ovos num tronco, mais um tempo e eles eclodem, as larvas descem e se enterram no chão, onde permanecem se desenvolvendo para voltarem na estação seguinte, subindo num pau, se livrando da casca de pupa, cristalizando as asas, exercitando-as e se lançando ao voo de núpcias — sendo macho, ciciando de modo incansável e frenético.

O mito guarani da origem da cigarra não nos diz exatamente isso. Conta que, na Missão de Andirapucá, a mesma em que também surgiu a lenda de Caacupê, vivia um rapazote de nome Bartolomeu Tacuarembó. Era da etnia guarani e ajudava os padres em muitas obras na Missão. Quando se fez homem, talvez por ser *tauy* — meio leso das ideias —, vivia se oferecendo e 'cantando' as indiazinhas, as donas casadas, as vovozinhas viúvas... Negaceava todas elas sempre que as obrigações e a vigilância enfraquecida dos padres e dos outros homens davam um espacinho... Tanto era 'esquentado' o tal Bartolomeu, que começaram a lhe evitar, a não lhe dar trela, pois nem os sábios conselhos do padre, nem as rezas, benzimentos, orações, simpatias, leituras santas, penitências logravam aplacar o furor sensual do *kuimba'e*. O 'mal' que lhe afligia era tamanho que a túnica de lã ou algodão ou o poncho dos tempos de inverno — que as gentes missioneiras fabricavam para uso comunal — vivia no 'quase-sempre' estufada, denotando a excitação excepcional da virilidade do Bartolomeu (portanto, deve ter sido a causa de lhe acrescentarem a alcunha de Tacuarembó — raiz de taquara) as gentes de *Nuestra Señora de Andirapucá*...

Nem as fugas noturnas, os encontros sigilosos, os favores de algumas viúvas e *kuñas* foram suficientes para incluí-lo no convívio dos afazeres cotidianos da Missão. Foi ficando marginalizado, passando a andar solitário, a fazer serviços periféricos, uma ou outra coisa mais importante que lhe era confiada em especial pelos padres, cientes de que tinham um problema e de que não podiam descuidar da alma do pobre Bartolomeu, açoitada pelos desejos malignos... Por um tempo, se estabeleceu como o lenhador, o encarregado de buscar gravetos e paus secos para abastecer os fogões de quase toda casa daquela gente missioneira. E cuidava hora ou outra dos rebanhos cavalares. Sozinho e insaciável, era visto e denunciado de estar se "aproveitando das éguas" e também de volta e meia ser encontrado se aliviando sozinho pelos matos onde ia recolher a lenha... Os padres lhe passavam sonoras — e inúteis — descomposturas, impunham-lhe penitências punitivas. Os varões ameríndios, suas *kuñas* e a moçada jovem, os idosos mais ainda, evitavam estar perto ou recebê-lo em casa, dando graças aos céus por ele estar fazendo "essas coisas" longe da Missão, lá nos campos, na invernada das éguas (seviciando a petiça piqueteira) ou no mato, quando e onde andava catando lenha.

Até que um dia foi pego por um temporal e não regressou para casa. Encontraram-no morto, possivelmente atingido por um raio, um corisco, ao lado da petiça estufada, sendo vigiados pelos olhares gulosos de dois urubus-reis à sombra de uma imensa paineira-barriguda que parecia pranteá-lo com as pétalas rosadas de suas flores caindo... Houve quem lamentasse o acontecido (pois Bartolomeu era sempre prestativo), quem se benzesse (já que parecia ser uma punição ao seu jeito amaldiçoado) e até quem — discretamente, em pensamentos — agradecesse pelo golpe do destino (afinal, o jeito de ser de Bartolomeu era uma inconveniência medonha). Mas a história de Bartolomeu Tacuarembó não ficou por aí... Nos campos onde montava nas éguas, nas beiras de matos onde jorraram as gosmas de sua satisfação solitária, os bugres viram surgir um animalzinho visguento, meio rastejante, que subia nos troncos das árvores, nas longas folhas de capim, nos arbustos, ainda e muito nos taquarais que beiravam os brejos e os ribeirões, e ia se transformando num troço parecido com um pequeno peixe com asas, num 'besouro' voador esverdeado, numa 'borboleta' de asas transparentes, tendo um corpo cilíndrico robusto — se pondo logo a voar e a chiar por todos os cantos, meio desembestado. Deram-lhe o nome de cigarra, dizendo que era o bicho nascido do desejo viril insaciável de Bartolomeu Tacuarembó (a barulheira dos chiados daquelas criaturas lembrava de modo vago a chateação que era o morto em vida). Os padres repeliram com severidade a história, alegando blasfêmia e superstição, e viam consternados que, por mais ensinamentos e fé que transmitissem àquela gente toda, eles seguiam interpretando e descrevendo o mundo segundo seus velhos costumes perdidos na distância de tempos imemoriais, amparados numa crença que transmuta pra lá ou pra cá as energias e forças ontológicas da mãe natureza...

#caraguatá

A Missão de *Nuestra Señora de la* Fé *del Taré* foi destruída por Antônio Raposo Tavares, bandeirante paulista que intentava chegar às minas de prata da Bolívia, ao Eldorado, e também há boatos, depois não confirmados, de que os castelhanos haviam descoberto metais preciosos no Paraguai. Por esse tempo, o Brasil colonial estava sob o domínio da Coroa espanhola, naquilo que passou para a História como União Ibérica, e o desinteresse dos reis de

Espanha mais a escassez de escravos negros na capitania de São Paulo da Piratininga levaram muitos de seus homens a ignorar o Tratado de Tordesilhas (tornado letra morta com a fusão das coroas) e a empreender corridas às missões e aldeamentos ameríndios localizados em território castelhano, na busca de braços para o trabalho em suas lavouras.

Muitos autores dão como real motivo do saque e destruição de *Nuestra Señora de la* Fé *del Taré* a ganância por ouro e prata por parte dos mamelucos paulistas. Conta-se que as poucas armas de fogo e metal (espadas, facões, foices e enxadas) dos bugres missioneiros liderados pelos padres nada puderam fazer frente à sanha dos paulistas, que temiam a existência da Missão Taré como um empecilho para que chegassem às minas de prata sob domínio dos castelhanos.

Cerca de oitenta homens foram mortos pelos paulistas e restaram insepultos por entre as casas e os ranchos da Missão, pelos matos e por detrás do muro de pedras que tinha sido recém-edificado e estava incompleto. O restante daqueles que habitavam o Taré — pra mais de duzentos — escapou de cair prisioneiro e fugiu para as terras abaixo do rio Apa, adentrando território mais próximo de outras missões paraguaias e nelas indo se fixar em definitivo (cerca de dezoito léguas da Missão de Caaguaçu) contra a vontade dos padres Domingos de Muñoa — que morreu na fuga — e Cristóbal de Arenas, que queriam se estabelecer em um sítio mais meridional. Além do padre, muitos índios pereceram de fome e de peste durante a fuga e pouco depois dela.

Passaram os anos, os padres Justo Mansilla e Cristóbal de Arenas, acompanhados de um grupo de índios, voltaram às ruínas de *Nuestra Señora de la* Fé *del Taré* enquanto vagavam em busca de mais neófitos para a Missão rediviva que iam tocando. Foi quando se depararam com dezenas de plantas misteriosas, as folhas em formato de espadas, com garras de aves de rapina no lugar dos espinhos, saíam como raios de um talo central que se erguia do chão; o centro com uma flor branca e encarnada, mescla de paz e guerra; logo abaixo da flor, as folhas eram de cor rubra, brilhante, como se houvessem sido pinceladas de sangue; os frutos agrupados num cacho semelhante ao de uvas, mas invertido, e que apontava para o céu: eram amarelos como o sol, pareciam unidos feito a coragem de um pelotão que avança coeso rumo à vitória ou à derrota. Perceberam que muitos dos frutos ovoides estavam comidos ou arrancados pela fauna local de lobos-guarás, tapires e guaxains; também tinha um sabor entre o azedo e o doce, de um líquido viscoso picante, cor de âmbar, que escorria dos frutos bem maduros quando mordidos ou cortados. Um índio mais esperto percebeu que os espinhos minúsculos que fincavam nos lábios de quem mordia a fruta poderiam ser eliminados da casca sapecando o cacho delas nas labaredas duma fogueira ou descansando por instantes num borralho de brasas ou de cinzas quentes... Nomearam a planta de caraguatá. Algo assim como 'batata com água de fogo', mas os detalhistas etimólogos afirmam significar "comida de raposa".

O homem que viu o Pai do Mato

Era agosto de muita seca, estio sem pingo d'água pra mais de sessenta dias, e Almerindo pelejava com os aceiros, apagando fogo nas macegas e nos pastos. A roça já estava ajeitada, só esperando chuva pra plantar de saracuá, mas a seca persistia, o corgo minguando, e até a cacimba já não tinha a mesma quantidade de água... No ranchinho, fazia frio de noite, a ponto de ter de acender um foguinho pra ajudar a coberta pouca sobre a rede desbotada pelos anos de serventia; as paredes de pau roliço, sem muita aritmética, deixavam entrar pelas frestas uma aragem gelada, mas possibilitavam ver de dentro alguém que chegasse.

O mês já ia pelo fim, Dia de Santa Rosana, quando umas nuvens e o fumaceio escureceram o céu, e parecia anoitecer quando nem cinco horas da tarde eram... Então, Almerindo escutou o grito e, sem querer, no ímpeto, *arrespondeu*. Teve dali a pouco outro eco e mais outro e outro — nem tempo teve de se arrepiar e correr pra dentro do rancho! Era um grito diferente, meio de gente, meio de bicho... E já longe, pela fresta da parede, ele avistou o imenso ser, alto, pra mais de *deis* palmos, peludo, cabeludo ou o que fosse, acinzentado; chegando mais perto, a cara de macaco dentuço, as mãos enormes, de pouco pelo e lanhadas pelas rugas num couro escuro, semelhando o de nuca de búfalo. Não tinha só um pé, parecia ter três, pois o falo pendia descomunal, feito uma tromba de anta bem maior, e as pernas mesmo pareciam bem redondas, terminando num casco entre o de cavalo e o de borevi.

Aprendeu a respiração, pois o bicho chegava mais e mais perto, quase no terreiro *lampino* do rancho, onde se iniciava a picada para a mata grande. Chegou apurado e gemendo, resfolando, e parou de chofre mirando o rancho com o olho solitário, ocupando quase que a testa toda, avermelhado e bravio... Almerindo quase sujou o fundo das calças, um arrepio gelado e fervendo cruzou-lhe pela pele toda, subiu e desceu o centro das costas, o oco da espinha! Mordeu os beiços até quase sangrar, e um nó no peito parecia misturar tripas e bofes... Soltou a respiração bem devagar enquanto segurava um bentinho e relembrava num átimo as orações mais fortes e antigas ensinadas por sua madrinha, dona Natividad, contra coisa ruim.

O bichão soltou um grito tristonho, um chamado de apelo, e a sensação de terror e sonho e perigo dos grandes tomou de assalto de novo os nervos e as veias do Almerindo; apertou com mais força o bentinho e orou com mais devoção... Viu a boca de dentes grandes da assombração e o barulho de resmungo e desconfiança que o bicho fazia. Olhava pro rancho, virava devagar a cabeça pra trás, trocava de pés para se firmar, coçava o corpo com as unhas grandes, grandes! Voltava a mirar o rancho desconfiado, mas não ousava se aproximar mais... O umbigão descarnado do bicho, sem pelo, parecendo uma fivela de sangue. Almerindo permaneceu olhando pela fresta, imóvel, rezando em pensamento e segurando o bentinho. Os trovões pareciam mais perto, já pros lados do Sul riscavam uns relâmpagos. O bicho recuou um pouco, voltou, afastou-se pros lados da mata. Almerindo pensou na cachorrinha *guaipeca*, por nome Caçulinha, onde andaria? Não latiu nem balroou? Santíssimo!

O ser soltou mais um grito e sumiu na picada da mata grande, já estava bem escuro... Almerindo não saiu de dentro do rancho, fez fogo, *quentou* boia e armou a rede pra deitar enquanto se acalmava e tentava parar a tremedeira. Mais tarde ainda ouviu duas *veis* o barulho do bicho que chegava perto do rancho e uivava, depois se afastava. Noitão já tarde, veio garoa grande, depois outra... O bicho não mais apareceu nem *feis* barulho. Noutro dia, quando clareou, o Almerindo se encheu de coragem e foi conferir o rastro do bicho, ver pra onde ele tinha seguido, mas a chuva da madrugada tinha apagado as pegadas do ente e também o estio que já persistia há um bom tempo.

Depois disso, Almerindo parou de beber, cumprindo promessa que firmou.

A verdadeira lenda do Caá

Num tempo bem antigo, logo que os homens chegaram por estes lugares, um grupo deles viu nascer e se criar uma índia bem diferente. Ela não gostava de ralar mandioca pra farinha, trançar palha para o tipiti ou cozinhar. Era forte e esperta, vivia em meio aos homens fabricando arcos e flechas, escavando canoa no tronco das árvores e tocaiando bicho no mato. Sabia lutar e nas guerras era sempre vencedora, abatendo muitos inimigos.

Nas mudanças de aldeia ou visitas a tribos aparentadas, puxava sempre a fila e não se cansava. Conhecia e recordava todos os lugares, não se confundindo com nome de rios, de tipos de madeira, de bichos ou na contagem do tempo. Derrubava mato pra roça, plantava e colhia. Sabia escolher lugar pra assentar aldeia, e nisso muito ajudava o chefe de sua tribo. Também construía oca como poucos, torando esteios, caibros e taquara pra ripa. Enrodilhava tudo muito bem, com cipó de primeira linha, que escolhia nos matos, tirando em lua certa pra maior duração e resistência ao amarrio. Sabia queimar certos tipos de folhas ou cascas pra tratar das madeiras, afugentando broca e cupim.

De remédio, entendia o que fosse: folha, raizama, casca ou sementes. E como preparar ou a hora certa de colher e em que tipo de mato tinha estes ou aqueles *juj*o. Usava tinta no corpo pra espantar inseto, proteger a pele — que tirava de frutas ou sementes e cascas de pau. Muitos diziam que, além de guerreira, era feiticeira, embora as duas coisas na tribo fossem coisa de *kuimba'e*.

Pescava com arpão, com moquém, o que fazia muito bem. E em sua oca não faltava carne de caça de jaó, mutum, jacu, jacutinga e carumbé. Certos dias pela manhã perceberam que a *Cunhã Mbareté* não havia levantado e a encontraram como que dormindo, morta. As mulheres da tribo prantearam em desespero e dor o sono mortal da companheira. Choravam alto, descabeladas e inconsoláveis. Ergueram o corpo da mulher sobre um jirau enrodilhado em tecido trançado de caraguatá para decompor carne e sangue e só sobrarem os ossos. Depois de dias de sol e lua, recolheram os ossos da *Cunhã* num pote de barro preto e sepultaram sob o teto de palha já esburacado do rancho em que morara a guerreira da tribo.

Passou o tempo, e sob o jirau onde escorrera o sangue e a carne da feiticeira forte brotou um tipo de mato desconhecido. Os homens foram conferir, o *pajé* foi chamado a interpretar, e a nenhuma conclusão chegaram. Mais alguns dias, e sob o teto esfarinhado do bacuri — onde estavam os ossos de *Cunhã Mbareté* — surgiu outro matinho do mesmo tipo. E cresceu forte e ligeiro, e logo.

A tribo migrou com medo de malefícios e por conta de suas andanças pelos matos. Anos depois, quando voltaram ao local, o bamburrinho já era árvore, e mais rebentos tinham aparecido. O feiticeiro adivinho comeu das folhas da árvore e naquela noite sonhou com a guerreira que ali fora sepultada. Compreendeu que o mato era a força e a alma da bela e forte guerreira. Fez uma beberagem com as folhas amassadas da erva e bebeu e dançou com a tribo toda. Desde esse dia, os guerreiros guaranis nunca mais perderam uma batalha e deram à planta o nome de *Cunhã-caá*, que era como chamavam a forte e guapa guerreira que lutava junto deles. Com o tempo, chamaram apenas *Caá*.

Caacupé

Para Mercedes Sanchez,
minha madrinha e devota de N.S. Caacupé.

Dizem que nos tempos bem antigos um índio havia saído de sua aldeia para colher erva quando escutou o barulho dos caçadores de gente pra *encomienda*. Ficou quieto em cima da árvore, num galho não tão grosso, mas escondido na copa, e os brancos e mestiços não o avistaram. Naquele dia, conseguiu voltar com um raído pequeno para casa.

Noutro dia, foi de novo colher erva, mas não explicou ao *cura* por que tinha colhido tão pouco, e o avaré nem perguntou. Andou mais longinho para alcançar um capão com bastante caá, mas, quando estava chegando, os gritos dos bugreiros o alertaram, e ele se pôs a correr para alcançar logo o mato. Dentro do arvoredo a perseguição continuou, e ele corria o mais rápido possível para escapar, se esgueirando pelo bamburral. Percebeu que a força do tereré ia acabando, e os caçadores de bugre estavam ficando muito perto. Foi quando se lembrou de rezar e logo viu um imenso pé de erva, nele subindo sem demora para amoitar-se bem no alto.

Os bugreiros passaram por baixo, olharam, seguiram... Voltaram instantes depois, miraram nos galhos, no folharedo, e não lograram avistar o índio. Este rezava baixinho, mesmo em silêncio, pedindo a Deus que não o deixasse prender. Foram embora, e o índio já estava descendo quando ouviu de novo o barulho dos cavalos. Tornou a subir e então prometeu que, se fosse salvo, faria uma penitência pela graça recebida.

Ao regressar para a redução, contou o acontecido para o padre, este se lembrou do santo dia que fora e do quão errado tinha sido mandar o índio colher erva. Foi Nossa Senhora da Conceição quem de fato o salvou, filho meu! Precisa agradecer... Como o fará?

O índio decidiu agradecer mesmo e fazer algo que retribuísse a vida salva. Pensava, mas não conseguia decidir-se por algo. Alguns dias depois, sonhou. E, no sonho, vira a santa e conversara com ela; e então lhe veio a ideia: esculpir uma imagem da mesma num pedaço da madeira da árvore em que se escondera. Foi o que fez! Voltou ao mato, cortou um grosso tronco e esculpiu uma imagem de santa — a santa que vira em seus sonhos. Não tardou para que a capela onde colocara a santa passasse a ser objeto de culto e romaria devido aos mais e maiores milagres que a santa de Caacupé realizava.

Outra narrativa do milagre de Nossa Senhora de Caacupé, padroeira dos paraguaios, dá conta de que, quando os jesuítas ainda não eram grandes exportadores de erva-mate e sofriam continuamente o ataque dos caçadores de índio — os famigerados "portugueses de San Pablo" —, alguns índios da redução de Nossa Senhora do Taré saíam a montear, colher, sapecar e ensacar erva. Para tanto, o grupo se arriscava nas distâncias, *lejanias*, onde montava acampamento, construindo ranchos com paredes pra proteger a erva, cavando buraco para o barbacuá rústico onde faziam o sapeco.

Numa dessas arranchadas, o bugre batizado Natalício chefiava a empreitada e saíra para caçar um tapir quando escutou o barulho dos bugreiros que iam em direção do erval, trilhando pela picada do mato. Esperou e viu logo o grupo de malvados. Não eram muitos — talvez um grupo pequeno que dava busca por aquelas bandas. Natalício voltou rápido para onde estavam os *mineros* cortando erva, assobiou de longe, imitando a perdiz em sinal de alerta. Por sorte, o sinal surtiu efeito, e os homens todos ficaram em silêncio no alto das caás, para onde também subiu o Natalício.

Dois dias depois, o milagre se repetiu quando os bugreiros retornavam e não viram o grupo de índios cortando erva. Ao voltar para a redução, Natalício relatou o caso para o padre, este atribuiu o milagre a Nossa Senhora da Conceição. O índio Natalício esculpiu uma bela imagem da santa em um tronco de erva que havia sido levado para a redução. Quando Taré foi atacada e os índios reduzidos tiveram que se mudar, levaram a imagem para Caaguassu, e lá, anos depois, uma mãe mestiça, desesperada com a doença do filho, pediu em clamores para que a santa salvasse o pequenino — foi o terceiro milagre. Esse correu terras, e o poder da santa esculpida pelo índio num tronco de erva ganhou o povo. Nessa época, os jesuítas já eram os grandes exportadores de erva-mate do Paraguai, mas a região do Itatim não tinha mais missões — estava entregue ao domínio e à força dos Mbayá.

Outra narrativa dá conta de que o índio Emanuel, batizado na missão da beira do Ypané, esculpiu heregemente uma santa com a imagem de Caajari, a entidade protetora dos ervais. E era pra esta que faziam festas, danças e bebedeiras. Eram estimulados pelo cacique Ñanduabuçu, que fazia jogo duplo fingindo agradar aos curas e mantendo as tradições de seu povo. Emanuel voltou para sua aldeia de origem, Andirápucá, e lá comandava as festas para Caajari, cultuando a imagem por ele esculpida. Grande artesão, o índio era muito benquisto pelos padres.

Conta-se que, quando o padre Mateo caiu doente, em febres altíssimas e delírios, foram algumas índias para fazer novena e rezar terço e colocaram a imagem de Caajari na cabeceira do padre. Quando este despertou curado, atribuiu o milagre à santa, N. S. Da Conceição, que julgou ver na escultura do índio Emanuel. Como era feita em madeira de erva, passou a ser chamada pelos bugres de Caacupé. Poucos anos depois, a redução de Andirapucá foi devastada pelos bandeirantes paulistas, e os poucos índios que fugiram da morte e da escravidão, quando regressaram à aldeia, deram pela única casa de palha não incendiada: era a capela da santa de Caacupé feita pelo índio Emanuel.

Os índios mudaram do Andirapucá para a Caaguassu e levaram a escultura da Santa padroeira do Paraguai e muito milagreira.

Nhanduti

Para Dr. Reynaldo de Arruda.

Em tempos bem antigos, antes mesmo do cacicado de Guirá Verá ou Mbororé e da chegada dos avarés (catequistas), um bravo guerreiro guarani ia se casar... E decidiu presentear sua amada, a indiazinha Guirá Pepo, com uma pele de jaguar — a maior, mais bela e fera mais bravia que conseguisse caçar.

Saiu pelas matas à procura do animal que se transformasse no mais digno presente de amor, mas nunca que voltou. Guirá Pepo passou a ter dias de espera ansiosa pelo retorno do bem-amado — o que não aconteceu. Para se distrair, fiava e tecia longos fios de algodão e belas peças para si e seu povo. Como o guerreiro não regressasse, Guirá Pepo ia tornando-se *maestra tejedora*, dizem até que capaz de fiar e tecer sob a luz de Yaci, *de los luceros* e dos pirilampos.

Outros guerreiros, seduzidos e enamorados da beleza de Guirá Pepo, propuseram casório para a desconsolada e tristonha indiazinha. Entretanto, esta recusava com delicadeza, dizendo que responderia quando terminasse de fiar ou tecer — o que nunca se dava, pois ela fiava linhas de tempo.

Passaram-se os anos, muitas luas, quando encontraram um esqueleto de gente junto a um de onça numa clareira de mato, debaixo de frondoso jatobá-mirim. Reconheceram ainda o arco e as flechas do guerreiro amado de Guirá Pepo ao lado das ossadas. Entre as costelas, dentro do crânio, sobre a pélvis, as aranhas haviam feito delicados trancelins de finíssimos fios, alembrando uma mortalha.

A enamorada indiazinha bem viu e, tomada das dores da paixão, decidiu superar as aranhas e tecer uma mortalha tão bela e delicada para os restos mortais do amado. Todos os dias, ia observar o bailado das aranhas que teciam. E assim, por amor, labor e observação pacienciosos, a nação Guarani foi aquinhoada com a belíssima arte do Nhanduti.

A mulher que escondeu o fogo

Num tempo sem tamanho e sem fim, os kadiwéus viviam vagando pelo Chaco Boreal atrás dos rebanhos de cervos e tocaiando borevis. Manteavam as carnes com facas de osso e pedra, punham-nas para desidratar ao sol em longos roletes, ditos cecinas. Foi nessa tribo — quando estavam acampados perto da montanha Nogená — que nasceu a linda Kalina Netaika, na verdade bisavó da bisavó da índia Lourença, entrevistada e amante do antropólogo Olem Ruiz. Mas vamos aos fatos... (senão ficaremos apenas arrodeando o umbigo do ego dele).

Naqueles idos, os deuses ainda desciam da Lua para a Terra, e Goenohodi era ainda uma lembrança amarga entre o povo guaikuru, que se lamentava e pedia mais favores ao deus Jaguaretê, o jaguar que de tempos em tempos descia da Lua para assuntar e fiscalizar o povo filho do Carancho. Via o que comiam, como caçavam, pescavam — se dançavam e celebravam os deuses de forma correta. Se seguiam e respeitavam aos Nijienigis, sacerdotes sagrados e elo entre o povo e os deuses, espíritos...

O Jaguaretê sentia que os kadiwéus não dominavam o segredo do fogo, porém algo lhe dizia que ainda não era a hora de revelar tal epifania e, sendo assim, sempre que por aqui descia, deixava o fogo lá no alto, bem guardado na Lua.

Foi então que, numa dessas andanças aqui na Terra, veio o deus Jaguaretê se encantar com os encantos da dionisíaca Kalina Netaika. Deveras formosa, silfídica, de pele cor de âmbar achocolatado, cabelos negros, finíssimos, sempre odorando a malva ou resina de casca de bálsamo; olhos de corça assustadiça, mas de piscar sonolento e desprotegido... Foi demais até para um deus a visão daquela simples mortal. As descidas do divino ser tornaram-se mais frequentes, a fiscalização menor, os interesses por outras tribos e localidades quase nulos...

Então, o sabido do Nijenigi dos kadiwéus a tudo percebeu e orientou Netaika para conquistar os favores do deus. Esta se pôs mais bela e formosa: untou a pele acobreada com óleo de caroço de pequi, fez sugestivos e ingênuos rabiscos nos braços e no rosto com nibadena, deu mais brilho aos cabelos com óleo de namacolli. E seguiu à risca os conselhos do feiticeiro Xavé, de não ceder senão na casa dos deuses, lá em cima, na Lua. Tantos foram os passeios, as conversas, os dizeres poéticos, alvoreceres e crepúsculos junto da inabalável Kalina, que o Jaguaretê decidiu levá-la consigo para dar pleno saciar ao desejo de ambos. Foram.

Subiram no dorso dos alados cavalos, que era como se ia pra Lua. Lá chegando, prepararam um festim com bebidas de frutas, carne assada e deliciosos caldos, pois o deus Jaguaretê tudo fez para bem agradar e enternecer sua adorada Kalina. Dançaram, comeram e beberam, depois se amaram com a fúria dos apaixonados. Esvaído em suas forças pelo prazeroso combate, Jaguaretê adormeceu ao lado de sua Kalina Netaika e, quando despertou, viu contrariado que quase passava da hora de trazer de volta para sua tribo a fêmea de seus desejos. Cuidadoso, obrigou-a a ficar nua para observar se não havia roubado o segredo do fogo, mas não, nada parecia indicar que a inocente Netaika tivesse ludibriado os deuses...

Quando a noite chegou, o Jaguaretê não pôde crer no que viu lá do alto! Os kadiwéus dançavam e cantavam em volta de uma fogueira repleta de espetos com carne de anta e cervo, bebiam às tantas o embriagador cauim... Buliam seus maracás. Netaika havia escondido uma brasinha nas entre-pernas e furtara o fogo dos deuses!

Arrependido e desolado, Jaguaretê condenou todas as mulheres a sangrar, a cada ciclo lunar completo, o esconderijo da brasa que, dali por diante, teria um aspecto de pele queimada... Os deuses ainda proibiram o contato com os humanos e prenderam todos os cavalos com asas na Lua, deixando na Terra apenas os equinos de patas. Enraivecido pelo engano, Jaguaretê rolou sobre o borralho da fogueira da qual Netaika pegara a brasinha, rosnando e uivando sua dor de deus decaído; por isso, o amarelo cor de mel de seu pelo tornou-se todo sarapintado de preto.

Até hoje, tempos depois que os deuses mandaram para cá o Jaguaretê, os kadiwéus olham pra Lua e veem um cavalo com asas como o que levou Kalina para lá — de onde voltou com o fogo escondido —, e por isso eles logo se afeiçoaram e amansaram os cavalos trazidos pra cá pelos brancos.

O segredo da viola de cocho

Quando Boabdil chegou da distante aldeia de pastores no Líbano, não imaginou que teria de permanecer mais que o previsto devido às cheias do Pantanal. Logo foi ficando amigo do bugre Ponciano, saindo de canoa para pescar, caçar; e mesmo andando de cavalo pelos alagadiços, observando a natureza encharcada e toda a bicharama.

Nas noites na fazenda, iluminados pelas chamas trêmulas da fogueirinha que acendiam no galpão, o árabe cantava dedilhando um bandolim, mostrando ao bugre os sons ancestrais dos povos mediterrâneos, dos homens que pastoreavam, dos que olhavam e escreviam o céu, dos deuses que se alimentavam de gente e das sacerdotisas que protegiam o segredo da vida.

O bugre gostou e em troca mostrava o ninho dos bichos, seus nomes, contava seus hábitos e querências. Juntos, construíram armadilhas, arapucas, armavam esperas — os dias foram se espichando... Caçavam mutuns no carandazal, saracuras no brejão; cervos, jacarés.

Quando os libaneses se foram embora com as águas, levaram junto o companheiro do bugre. Uma dor desconhecida e febril engasgou o peito pantaneiro. Os olhos de jabuticaba bem madura perderam brilho, mirando lonjuras. E a saudade do amigo parecia aumentar quando recordava as cantigas e o tanger das cordas do instrumento forasteiro — saudade tomava conta do pantanal.

Então o bugre Ponciano resolveu fazer pra ele mesmo um bandolim e tocar a saudade do amigo. Pegou um velho cochinho de ximbuva que estava encostado na cozinha da bugra Sinésia, onde outrora se guardava sal. Arranjou tábua bem leve de piúva e afinou mais, cepilhando. Enquanto a cola de resina de jatobá, amescla bem amisturada com tripada de piranha e jurupoca, secava por uns dias a viola, ajeitou corda de fibra de tucum bem do jeito que fazia linha pra pescar — mais outras de tripa de quati; encaixou cabo, cravelhas e botões de canafístula.

Já era tempo de vazante quando tudo se ajeitou, e o bugre Ponciano tocou e cantou na festa do Divino. Todo mundo dançou e cantou batendo palma. Inté hoje é desse jeito — bugre Ponciano se *alembra* do amigo Boabdil quando toca viola que inventou de saudade.

*A releitura de tradições, mitos e lendas fronteiriços me persegue — essa aí acima dá nome ao criador da viola de cocho, o bugre Ponciano, inspirado pela saudade do amigo que tocava bandolim, Boabdil. O material da feitura, as técnicas e causa da fabricação da viola não são de verdade, mas também estão léguas e léguas da mentira!!

Evangelho segundo um fronteiriço

Chovia muito quando o casal gritou em frente à casa de fazenda, o mais alto que pôde, pra se fazer ouvir no barulho do temporal. No princípio, parecia que a chuva era pequena e que não iria aumentar virando um pé-d'água — mas esses dezembros volta e meia aprontavam surpresas. Eles vinham de longe em busca de trabalho, um local para ficar e reconstruir a vida, criar filhos... A mulher estava grávida do primeiro. Era pouco mais que uma menina, como tantas nestas bandas, e já logo seria mãe. Mas era guapa, trabalhadeira; na vila onde nascera, sexta filha a contar do mais velho ou do caçula, aprendera rápido e bem as lidas de uma casa.

A dona gritou de volta lá de dentro, e uma índia veio até eles. Viu o tamanho da barriga de Maria e indicou o caminho da tapera velha, avisando que logo iria ter com eles lá. Os relâmpagos iluminaram o caminho, e o casal foi passo a passo cruzando o rego d'água em que havia virado o trilheirinho com o toró, mas já logo após um lançante podia-se ver o vulto do rancho e até as folhas secas de bacuri da cobertura alumbrados pelas contínuas faíscas que repicavam nos céus.

Entraram e viram que estavam em companhia de um burro, uma vaca e alguns pássaros. Entre os clarões dos relâmpagos, chegaram à divisão seguinte, onde outrora fora um quarto; respiraram com certo alívio, em silêncio, ouvindo o barulho da chuva lá fora, que era muito forte, e o fraco tilintar das goteiras ali dentro. Depois de algum tempo, os olhos de José se acostumaram com a geografia do rancho e conseguiram ver uma tarimba suja e empoeirada armada no canto mais pro fundo do quarto. José ajudou Maria a sentar-se no entrançado milagroso de couro, que rangeu e estalou sob o peso cansado da futura mãe.

Logo chegava a índia Anaí, trazendo encurvada uma mala de lona que já quase se desfazia com o encharcado da chuva. De um *sapicuá* retirou uma lamparina, e fez-se a luz. A tapera não era das melhores, nem das piores. Chovia pouco dentro, as paredes mostravam pouquíssimos buracos mesmo com o abandono, tinha a tarimba, um fogão desmoronado naquilo que outrora fora uma cozinha coberta numa meia-água... e a índia tratou de ajeitar um fogo nele, onde pôs para ferver água da chuva dentro de uma chaleirona de ferro negra — feito os picumãs que ainda povoavam a parte interna do trançado de bacuri.

José perguntou pra índia por que colocou água pra ferver, a índia respondeu: "pro mate". Entregou para o homem um chumaço de palha de milho para que ele fizesse um cigarro. Avisou que Maria teria o filho naquela noite, ao que José suspirou, "Que destino, meu Deus...", picando fumo com uma quicé no covo da mão. A índia levou água numa caneca pra Maria, conversaram baixinho algo que o homem não pôde ou nem quis escutar enquanto baforava pensativo o palheiro. O burro estrumou dentro do rancho, enquanto a vaca seguia ruminando com calma. E chovia. Maria estava deitada noutro cômodo, sobre a tarimba — de olhos arregalados, feições tensas, pois já começava a sentir as primeiras pontadas de dor.

Começaram o mate quase em silêncio, escutando o barulho da chuva, que não diminuíra. Então, José se pôs a contar que era viúvo e carpinteiro, fazia carretas e moendas quando Maria apareceu em sua casa para ajudar, lavando roupa e cozinhando. Os filhos já estavam grandes, casados, só o menorzinho, raspa do tacho, completaria onze anos. A irmã, que morava com eles, foi quem pediu para que Maria viesse ajudar. Pois Maria apareceu grávida, tão jovem e fecundada! As gentes da fronteira, como de quase todo lugar, *garraram* a falar deles, a mangar, parolar... A irmã não mais conversou senão para acusá-los de sem-vergonhagem... Pegou o sobrinho e foi-se embora, trabalhar como cozinheira numa fazendona lá pras bandas do Pantanal. Sobraram ele e Maria e a falação das pessoas. Decidiu vender a casa, mudar-se. No caminho, vendeu também os cavalos. Agora estavam ali.

Maria começou a gemer, e a índia foi ter junto a ela. E o bebê logo nasceu e chorou. Sujo, feio e ensanguentado. Lá fora, a chuva aumentou, e três coriscos seguidos riscaram os céus junto com um estrondoso e longo trovão que foi batendo pelas nuvens até se perder nas distâncias — ninguém se benzeu. Os pássaros se debateram em asas dentro do rancho e logo voltaram a quietar. A chuvarada não dava trégua lá fora, e a índia Anaí pediu para o fazedor de carretas José a faquinha quicé de picar fumo para cortar o umbigo do guri. "Se fosse meu, torava no dente" — comentou para o pai da criança. José quase quis sorrir e resmungou um obrigado — recuperou a faca e foi limpá-la com a água da chuva.

Em breve a mãe dormia sobre a tarimba, tendo o gurizinho nos braços — limpa e aliviada das angústias e dores do parto pela índia. José foi fumar outro palheiro perto da entrada do rancho, enquanto passava a mão na barbela da vaca ou na tábua do pescoço do burro. A parteira foi descansar perto da porta donde estava Maria, sem nem saber que o guri que ajudara a nascer faria andar sem muletas o malvado e matador do fazendeiro Ludovico nas bandas do rio Perdido; cantarolava baixinho perto da lamparina enquanto bordava num *sapoité* um pano de bolsa branca pra embrulhar o bebezinho. Levantou algumas vezes para avivar o fogo e, nas labaredas, viu o guri feito homem sentado no fundo seco de uma grande baía pantaneira, os peixes mortos apodrecidos, esqueletos de vacas e jacarés sob um sol se desfazendo em suor, e o diabo — senhor dos males — atentando o homem. Olhou de novo o bebezinho, estava ali e passando bem, mamando em sua mãe, voltou e viu que José estava dormindo escorado no batente da porta, vencido pelo sono. E dentro do sono José vislumbrou seu filho, já homem e forte, peão de boiadeiro, a cruzar os pantanais cheios e transpassar o rio Paraguai na condução de mil bois, sem perder nenhum — uns dizendo que fora a nado, outros, a passo, sobre as águas. Os homens gritavam e diziam e bebiam dos milagres do filho de José.

Algum tempo depois a chuva já era uma garoinha fina, e os trovões e relâmpagos estavam mais fracos e bem longe. O bebê já mamava tranquilo no peito de Maria, que acordara e mirava o trançado de bacuri da tapera com olhos de doçura e um ar de mulher valente com dever cumprido. Então, a índia escutou um tilintar apagado e um barulho de cascos em chão molhado que se aproximava. José ainda dormia quando ela executou os últimos pontos do bordado e saiu do rancho pra ver quem chegava. Eram três homens montados, que se anunciaram em Guarani para a índia e vinham para conhecer *El rey de los reyes.* O carpinteiro acordou com as vozes dos homens que apeavam e amarravam as montarias no esteio do rancho e se ergueu para recebê-los. "Buenas, compadre!" — foi o que falaram em coro. "Onde está nosso curumim?" José nem soube responder, e a índia logo perguntou como eles sabiam do nascimento do guri. "Foi pela luz dos relâmpagos e a voz do trovão que confirmei os avisos dados pelos enxames de tanajuras e irapuás, e pela florada dos taquarais" — contestou o mais alto deles, com feições de caboclo. "Eu já sabia de algum tempo — completou o mulato —, pois era só o que se ouvia da voz dos mutuns nas madrugadas e no lamento das seriemas ao entardecer." Houve um intervalozinho de silêncio antes que o bugre — terceiro dos homens — murmurasse que lera nos céus pelo desenho das estrelas, e que também a dança de Jacy e Koarahi mais o *nheengar* de alerta de *Yvitu* tinham lhe avisado.

Foram ver o guri, que mamava aninhado na mãe Maria. O caboclo sacou uma garrafa de pinga, desarrolhou com os dentes e levantou-a fazendo uma saudação; bebeu um gole e estendeu-a para o carpinteiro José. "À vida!" — exclamou, e todos responderam e foram bebendo goles no gargalo da garrafa. Menos Maria e o guri, que não desgarrava dos peitos da mãe. "Comadre, — avisou o mulato — trouxemos presentes para o guri: bebida, música e um burro. O animal, para que fujam antes do dia raiar para o outro lado da fronteira — onde nosso afilhado poderá crescer; a bebida, para que ele, que não pode ainda beber, saiba o que é sede e sacrifício, mesmo nascendo debaixo de um dilúvio; a música, pois as coisas mais belas da vida se esfumam no ar." Assim, foi retirando de suas montarias um tambor, do mulato; um maracá, do bugre; e, do caboclo, uma viola — e puseram-se a tocar dentro do rancho, celebrando o nascimento do guri. Antes, o bugre havia passado para a índia uma banda de carneiro que esta havia posto para assar (mas o bugre não contou nem para seus companheiros como havia conseguido aquele churrasco). Beberam à saúde, cantaram às dádivas, pitaram às saudades e naquearam mandioca cozida com a carne do cordeiro.

Quando o dia já se anunciava e a chuva era não mais que uma lembrança sonhada na cabeça de José e Maria, estes arrearam o burro dado pelos homens, nele montaram Maria com o bebê nos braços, enrolado no pano bordado às pressas pela índia Anaí; no pano, tava escrito o nome que a parteira do guri pediu para que fosse o dele: Jesus. Entregou também para o casal um presente de madrinha: uma rede para ninar o gurizinho.

Os homens que chegaram e beberam e tocaram e cantaram no rancho durante a madrugada haviam sumido. Anaí ficou acenando de frente do rancho para os três vultos que seguiam devagar: a mulher com bebê no colo sobre o burro, puxado pelo homem. Iam já longinho pela picada estreita que levava pros lados da fronteira — enquanto a chuvinha fina voltava a cair. Amanhecia. A índia levou aos lábios a porunga de água para matar a sede do cansaço da noite: a água havia se transformado em *chicha*. Foi assim, seja.

Calvários
(Evangelho segundo um fronteiriço)

Quando o carpinteiro Jesus foi condenado pelos capangas do coroné Agripino como o ladrão das vacas do mesmo e seus restos mortais foram encontrados numa cruz perto da estrada boiadeira, não se imaginava ali o tamanho do milagre. O bom homem era estimado por todos; honesto, dedicado pai de família e hábil nas lides de transformar madeira em utensílios e móveis. Não havia ninguém que não tivesse em casa uma mesa, cama, banco ou armário feito pelo marceneiro. E então, não era estranho? A notícia das vacas roubadas aparecerem justo na chacrinha onde morava o homem! Terras que sua mulher, dona Maria Madalena, havia herdado do pai... Quem duvidou ficou quieto. E a outra metade parece ter "gostado de acreditar" que o homem era além de tudo, ladrão de gado.

A discussão não durou mais que semana, e a condenação foi sumária, a execução por igual. Só que o cadáver do sentenciado não decompunha, e foi arrancado da cruz pela multidão de mulheres, homens piedosos e crianças, que o colocaram em um andor, coberto de flores e ramos, e entraram em procissão até a igrejinha, cantando e orando pela alma de tão notório injustiçado. Depois... arrastaram em imenso cordão pelas ruas e trilheiros do povoado, levando nas mãos ramos de bamburros, folhas de butiá, bacuri e bocaiuva, e velas acesas, pois já ia escurecendo. Até o cemitério o caminho era longo, e lá chegaram entre cantigas e orações com a noite feita, e lua cheia nascendo quase sanguinolenta de vermelha — parecia chorar também do outro lado do céu, pois que para sudoeste nuvens carregadas soltavam relâmpagos que também alumbravam o comovente cortejo.

Sepultaram o carpinteiro Jesus e voltaram em silêncio pelas estradinhas de cascalho e areia em que se ouvia apenas o remoer dos calçados pelo chão, o pio dos curiangos, trovões não muito distantes da chuva que ia caindo às costas da procissão que regressava pra casa. O túmulo tornou-se local de romaria e pagamento de promessas — não foram poucos os que diziam jamais ter tido negada uma súplica ao carpinteiro.

* * *

O roceiro e agregado do coroné Carlomano se chamava Jesus, filho de Luís, que se salvou do incêndio criminoso no rancho em que sua família morava quando ele ainda era guri pequeno, coisa de quatro ou cinco anos. Criado guaxo pelas fazendas das cercanias, hora morando com um ou outro, cresceu e seguiu o destino da lida da região. Fazia empreita para roça, cercas e construção de mangueiros. Nunca quis vingança contra o coroné que matara quase todos os seus para tomar terras... Mas o coroné, sim; ao saber da procedência de Jesus, mandou tocaiá-lo com ordens simples: uma grosa e morte.

A grosa saiu muito bem-feita, o corpo do bugre Jesus ficou lanhado de cortes, feridas e hematomas, crostas de sangue coagulado... Olhos inchados, cerrados de tanto machucado, e os buracos dos tiros que pegaram de raspão na cabeça, no pescoço e na beira da espalda. Foi encontrado perto do Passo Escuro, beirando o córrego, pela índia Lucila e a mulata Madalena, companheiras do bugre Jesus. Por milagre, estava vivo — muito mal, mas vivo. Trataram das feridas com raizama, cascas e benzeção forte, muita reza. Pingavam água na boca do infeliz com a barra da saia molhada em corote. Fizeram padiola de pororoca e arrastaram em silêncio, no escondido, o moribundo para o ranchinho em que moravam. Foram cuidando e tratando das chagas todas pelo corpo de Jesus, que respondia com vontade de viver, fortaleza física, viço. As roças iam tocando sozinhas, e os capangas do coroné apareceram pra assuntar. Pediram pra continuar ali até colher, foram atendidas e esquecidas — mais um milagre.

Algumas luas depois, colheram o que puderam e saíram de noite, arrastando o enfermo. Seguiram trilha até amanhecer e pediram arranchamento nas terras do coroné Ludovico. Tiveram aceite. Ajeitaram rancharia já construída, empalharam telhado, rebocaram paredes e aprumaram fogão esboroado. A mulata Madalena ia quase todo santo dia à sede da fazenda lavar roupa, ajudar na cozinha, varrer terreiro. Voltava com algum leite, erva e café. E Jesus foi melhorando, ficando curado. Não quis vingança de novo pra com o coroné Carlomano. Mas o local onde se pensava que tinha sido morto ficou assombrado: viam-se fogo, gritos e roncos naquele tal de Passo Escuro.

A índia Lucila trabalhou anos depois na fazenda do Carlomano. Voltou a morar com Jesus e Madalena quando o coroné amanheceu morto, tinha bebido umas chapoeiradas com veneno.

* * *

O peão de boiadeiro José Jesus era mais conhecido apenas por Jesus e por sua fama de bugre laçador, chefe de comitiva honesto e zeloso, pelas tralhas de montar vistosas e altaneiras. Quando chegou judiado e machucado montado num burrico zaino, com os pés amarrados por debaixo do animal, o povo nem quis acreditar! Não era sombra do rapagão cor de cobre e levíssimo dançador de polca paraguaia — filho de pai gaúcho e mãe indiática. O que estava acontecendo, meu Deus?! Roubo de gado. Havia desviado um lote de novilhas da fazenda do coroné Antonino. Em que circunstâncias havia feito não explicaram bem, nem ficou claro se de fato tinha entrado no crime. Diziam que um tal Judas, subalterno da comitiva de Jesus, havia denunciado o patrão. Foi o tanto para os jagunços do coroné haverem feito festa com Jesus! Surrado, chicoteado, arrastado... Não parecia mais um homem, mas um espectro. Sujo e recoberto de nódoas coaguladas de sangue, arroxeadas marcas pela face, costas e pernas. Vestido de frangalhos remelentos...

Na praça em frente da capelinha, fizeram o bandido apear do burrico e chamaram os *polícia*. Coroné Antonino confabulou com delegado e juiz, o padre tinha ido viajar. Decidiram por punição exemplar: fizeram Jesus caminhar arrastando um tronco de pesado coqueiro, cheio de espinhos, no qual seria crucificado. Até o tronco de outra palmeira, no caminho, era chicoteado, cuspido e maltratado de novo — mais martírio dado pelos jagunços, também por alguns dos presentes. Os poucos amigos choravam e gritavam por justiça, mas eram silenciados pelos homens do coroné. As mulheres oravam alto, algumas se descabelavam, clamavam aos céus... que escureceu, e a tarde ia pelo meio ainda. O Sol se amoitara atrás da Lua! Num eclipse.

Fixaram o tronco fazendo uma cruz espinhenta de bocaiuva. Ergueram o ladrão de gado de braços estendidos, atados pelo pulso. Prenderam também os pés ao tronco vertical, bem amarrados. Já não restavam mais forças no torturado réu para lutar. Olhou aos céus, erguendo levemente a cabeça, suspirou...

Na multidão, uma caboclinha chamada Madalena, filha bastarda do coroné Antonino e agregada dos turcos da loja de armarinhos, a tudo via e chorava inconsolável: era namorada do boiadeiro José Jesus e estava esperando uma cria dele. Por isso, resmungou em aflição protegendo o ventre com as mãos:

— Pai... Por que me abandonaste?

Sinhozinho

Fazia tempos que Olem Ruiz, o antropólogo entusiasta e apologista das características culturais demarcatórias da fronteira, não me aparecia com solicitações e pedidos. Embora nossa amizade e troca de informações e comentários venham de longa data, dessa vez ele não enviou carta ou coisa parecida! Veja você, os tempos de missivista se foram, desapareceram, deixando-nos abandonados aos contatos via correio eletrônico e Skype; o primeiro quase todo mês, o segundo mais espaçado, apenas quando o tempo, o assunto e a solidão fazem o distinto amigo — fazendo uso do fuso horário — me achar aí nos fim do dia ou começo da noite para assuntar temas que muito nos interessam, desde o mais erudito ou espinhoso... até as bravatas e fofocas mais picantes e rasteiras — tão ao gosto e à personalidade do humor expansivo e da geometria ampla das ciências, curiosidades e saberes do renomado antropólogo!

Dessa feita, depois de comentar sua viagem para assistir ao Festival de Salzburgo, na Áustria, e na sequência uma espiada na Volta da França, anunciava a participação em um projeto — Folk & Faith Heritage — com a Globe University, no Reino Unido, sobre episódios, eventos, manifestações e beatos relacionados à religiosidade popular. E que se lembrara e escolhera apresentar/ discorrer no seminário no qual participaria sobre "a história de Sinhozinho" — ocorrida no Rincão Bonito ali no início dos anos 40 —, a qual divide opiniões, provoca brigas e debates acalorados até hoje. Considerando e conhecendo Olem, já o vejo rebatendo e desautorizando a apresentação de outros relatos e ocorridos do gênero na história brasileira, como o do beato Antônio Conselheiro, o beato Zé Maria, Padim Ciço, Frei Damião e mesmo Irmã Dulce.

Todos bem mais documentados e famosos na esfera internacional, mas sem o sabor fronteiriço e a geografia sul-mato-grossense entranhados na pesquisa e na obra plural e caleidoscópica do amigo Ruiz. Então, vamos aos fatos e relatos sobre o Beato do MS — anotações e opiniões também.

A figura histórica de Sinhozinho viveu e percorreu a região do Rincão Bonito no início dos anos 1940, sem muita precisão e documentos comprobatórios; alguns dizem que ele já vivia e pregava por volta de 1941 ou um pouco depois, mas os fatos mais relatados e comentados situam-se entre 1944 e 1946. Não falava, alimentava-se de peixe e mel de jati — que carregava num cantil de porongo a tiracolo, com tentos de couro cru —, mandioca cozida também entrava no cardápio. Chegou sem se saber de onde nem como, andou por várias fazendas e arranchados, pregava o final dos tempos, o advento dos puros, a oração, reza e fé para a salvação das almas, conforto e saúde do corpo. Reuniu uma legião de devotos e fiéis, erigiu treze cruzes em diversas fazendas do município. Tornado *persona non grata* aos poderosos da vila, foi denunciado, preso e transladado para a então capital do território — com duração efêmera — de Ponta Porã. Este é um resumo da epopeia, as nuances e detalhes vêm agora, e o diabo está nos detalhes, já nos ensinaram os sábios.

Quem era e foi Sinhozinho? Ninguém sabe ao certo. Era de estatura alta — uns cento e noventa centímetros —, aparência frágil e pacífica, pele muito branca, olhos de um *azul-rio formoso*, cabelos ruivos, vermelhos, com matizes que iam do cenoura ao abóbora, conforme relatos coletados dos fiéis e das testemunhas oculares do personagem. A propósito: saliento que baseio estas linhas nos estudos de duas pessoas: Carmina Weis, em sua obra *Rincão Bonito em Outros Tempos*; Edwiges Aiwi, e seu pequeno livro relato: *Quem foi Sinhozinho?* — resultado de suas pesquisas e entrevistas para um trabalho universitário em que concluía o curso de Turismo, no IESF-Bonito; além de depoimentos de Florisbela Jacques Sanches (a mesma senhora, Olem, que você entrevistou gravando quase cinco horas de fita e com cuja simpatia e narrativas se encantou), os relatos de Seo Bijo, um bonitense das antigas que deixou entrevistas e comentários sobre Sinhozinho em vários jornais da cidade e região; mais três ou quatro parentes que pediram que não citasse seus nomes, nem nada que os denunciasse ou denotasse quem eram... Inclusive meu pai (opa! — falhei).

Há quem defenda que Sinhozinho era um fugitivo da Segunda Guerra Mundial, um soldado desertor do Eixo, um oficial nazista arrependido, um judeu escapado de algum campo de concentração, um desertor dos exércitos aliados ou coisa parecida. Para tanto, citam-lhe as feições delicadas, a pele alva e o cabelo ruivo; advogam que um personagem desses bem poderia ter chegado de navio ao Brasil, pelo Porto de Santos, pegado um trem e/ou outra condução, subido a serra, dado em São Paulo e daí — via trem ou carona, ou a pé — chegado até Bauru e daí ao então Mato Grosso, descido em Aquidauana ou Miranda, no histórico Trem da Noroeste, daí até a região do rio do Peixe, onde começou a pregar. Outros defendem apenas o percurso, mas consideram mais plausível que Sinhozinho seja um fugitivo dos porões da Ditadura de Vargas — que estava em plena vigência naquela época — ou das estripulias e quarteladas acontecidas no Paraguai! Como vemos, duas possibilidades bem interessantes e plausíveis — tenho de admitir, Olem, você mais uma vez encontrou e escolheu a história certa! Sinhozinho é demais! Até no nome, uma corruptela do diminutivo senhorzinho, com indeléveis resquícios da fala de descendestes de populações afro deste Brasil aparentado dos sinhôs, nhôs etc.

Carmina Weis discorre e analisa sobre os efeitos e as funções sociológicas da figura e das ações de Sinhozinho. Vê no fato visíveis alusões e comparações com as interpretações e descrições das passagens bíblicas de Jesus e dos evangelistas: vestimenta, peregrinação, cajado, alimentação com peixes etc. Considera a violência, a pobreza, o banditismo e a baixa escolaridade da sociedade de então como fatores causais e possibilitantes para as histórias e os causos relacionados ao Beato. Registra em uma passagem, até muito bem-humorada, do quanto Sinhozinho reduziu as brigas, bebedeiras e assassinatos ocorridos no "Bar dos Bugres" — na verdade, oficialmente, Bar do Brejo (descobri em outras narrativas que existia uma placa muito mal pintada, onde estava também mal escrito o nome do bar). Viviam na região muitas populações de mestiços de brancos, negros e índios de diversas etnias, trabalhando nas fazendas com empreitas, ou agregados, e nos fins de semana iam ao dito bar gastar seus parcos cobres em bebedeiras e farras homéricas, de onde sempre saía um morto ou esfaqueado, ou moído de pancada... Também se divertiam fazendo tocatas, jogando carteado e/ou dados e "arrastando" fêmeas para o mato. Para Weis, essas estripulias e violências foram substituídas pelas orações, novenas e rezas propostas e celebradas pelo Sinhozinho, o que teria diminuído em muito a desordem e a malvadeza entre os membros dessa população/comunidade de mestiços excluídos e abastardados. Meus parentes também foram solícitos defensores da sugestão. (Já você, Olem, duvido que vá citar isso em seu workshop.)

O primeiro milagre do Sinhozinho é debatido e muito discutido pelos conhecedores e interessados na história. Há quem diga que foi apenas uma baita coincidência — como Carmina Weis — ou que ele de fato existiu — como muitos dos que contaram e falaram sobre o tema; e há quem considere apenas ignorância e atraso, como Florisbela Jacques — embora esta defenda a fé e o poder das rezas e orações —, que não crê nos milagres de Sinhozinho nem nas suas previsões edênicas e apocalípticas. Dizem que, quando ainda pregava nas barrancas do rio do Peixe, Sinhozinho chegou à Fazenda Lagoa Santa e pediu uma ovelha ao senhor José Cesário da Silva, alcunhado Iaco, que negou e tocou o personagem, pensando fosse um andarilho vagabundo qualquer... Foi ríspido e mandou que Sinhozinho se mandasse de suas terras. Dias depois, Sinhozinho voltou à sede da mesma fazenda e, por meio de gestos — já que era mudo —, perguntou pela ovelha. Mais uma vez o fazendeiro foi pouco educado, disse que tinha degolado e comido a ovelha, "que estava no bucho!". Então Sinhozinho teria feito um gesto para o rebanho, e dele saiu uma ovelhinha que foi ter em seus braços, e ele levantou o pescoço da mesma e mostrou para o fazendeiro o sinal da degola, a cicatriz do ferimento! O tal de Iaco tornou-se desde então um fervoroso fiel e devoto amigo do Sinhozinho.

Florisbela Jacques vê nisso uma afronta, uma heresia em colocar Sinhozinho quase como um Jesus, um poderoso filho de Deus e do Homem a ressuscitar seres mortos; mas não refuta outras passagens e situações semelhantes à vida de Jesus, como a alimentação com peixes, a vestimenta, a cura e milagres através da fé e da reza. Reforça o caráter revolucionário, incomodativo das ações do Sinhozinho e seus devotos na cultura coronelesca, no mandonismo e na exploração da ignorância local. Considera de bom tom e augúrio a distribuição das cruzes pelas fazendas locais, sendo que a maioria delas em terras de parentes seus, por parte dos Sanches. Não valoriza nem ressalta o papel de Sinhozinho junto à Graciolina Sanches, tia de Florisbela, no sentido de ensinar rezas e orações, benzimentos, chás e remédios para diversas doenças e desconfortos humanos, os andaços como se dizia naqueles idos. Para ela, a tia Graciolina era uma esquipática — esquisita mais antipática — que se fazia de santa, vidente e curandeira sem ser nada disso nem ter poderes ou talentos para tanto, pois "era uma relaxada de marca maior, cuja casa era um rancho caindo aos pedaços; os bancos, mesas e cadeiras viviam sujos, borrados de terra e merda da *criação miúda*; as galinhas se empoleiravam no jirau das vasilhas, na guarda das cadeiras, no batente das janelas, por cima do fogão". A Graciolina ficava lá, "sonhando e rezando, fazendo chapoeirada e emplastro e se dizendo benzedeira forte". Florisbela acrescenta que "não varria terreiro, num lavava louça, num limpava casa, nem banho tomava por dias, semanas... Lá isso é sinal de santidade, de poderes!?" — indagava. E segue desmerecendo a aluna e discípula do Sinhozinho: a roça ficava ao léu, sem limpeza, o cipoal e o mataredo tomando conta. Periquito, papagaio e macaco levando de eito o milho, o arroz, o abobral, o feijoal... A mandioca sem carpir, abandonada! "E a Graciolina só remanchando, da rede pro altar e de novo pra rede!

Catando e colhendo jujo pra fazer garrafada" — explica, pouco escondendo o desdém. Como vês, Olem Ruiz, esse trecho reflete a opinião e o depoimento de Florisbela Jacques Sanches sobre a parenta devota e discípula do Sinhozinho, e o linguajar típico, personalizado, dessa que foi uma das maiores depositárias do saber popular, das crendices, lendas e histórias deste mundo fronteiriço. Só um lembrete: roça abandonada, mandiocal mal-cuidado, terreno mexido... É o melhor jeito para se ter jujo.

Já Carmina Weis vê nisso uma bruta coincidência, pois, segundo ela, a ovelhinha não foi morta nem virou churrasco. O fazendeiro pediu que Sinhozinho voltasse na semana seguinte para pegar a borrega que escolhera, e para testar pediu ao peão que degolasse e escondesse numa grota o cadáver! Bem... O peão não cumpriu de todo a ordem, cortou sem matar o pescocinho do animal, que seguiu junto ao rebanho. Quando Sinhozinho retornou e reclamou a borreguinha, o Iaco pediu que separasse do bando. Este, então, com um gesto, fez a ovelhinha mal degolada pelo peão ir ter em seus braços, e mostrou o pescoço mal riscado para o fazendeiro. Como a ovelhinha correu até o Beato com um gesto, justo sendo a escolhida, é o milagre.

A propósito de Graciolina Sanches, acho importante frisar que foi uma discípula de Sinhozinho que apregoava ter aprendido com ele o segredo das rezas, os poderes das plantas — folhas, ervas, raizama e cascas — na cura e melhora de várias enfermidades; e que se arrogava poderes para ter visões, premonições e avisos de tragédias vindouras, do futuro próximo e sobre o destino das pessoas. Tinha uma cadernetinha de anotações bem rústica, suja e rabiscada com o nome das ervas, sua função e o modo e jeito de colher, a época certa, a lunação adequada; como era semianalfabeta, dizia que era o poder divino que a inspirava para conseguir fazer aquelas escrituras. Além das ervas, estavam anotados procederes de benzeção de hérnia, cobreiro, mordida de cobra, de aranha, mal de parto, quebranto, erisipela, coalho virado e coqueluche; com galho de broto de alecrim, de goiabeira, de laranjeira; com palha e sabugo de milho, com escapulário e santinho bento. Havia até um sistema de contagem dos encaixes de milho no sabugo e, através disso, se previam eclipses do Sol e da Lua, datas de enchentes e *sequias* futuras, uma espécie de astrologia ameríndia. Tudo isso eram ensinamentos do Sinhozinho, um beato mudo e muito sábio. Eu devia de ter "roubado aquela caderneta" ao invés de ficar só lendo e tentando decifrar os garranchos, trocando ideias e possibilidades sobre o assunto com os herdeiros e descendentes de dona Graciolina que me mostraram e explicaram sobre aquilo! Devia, mesmo! (Só que eu roubei até hoje apenas corações...)

Antes do primeiro milagre, mas já afamado e com seguidores, Sinhozinho morou na Gruta da Serpente, que ficou assim conhecida por ele ter dito que aprisionada no local vivia uma enorme serpente que, se fosse incomodada, sairia da gruta para devorar os desobedientes. Localizada na Campina Sagrada, terras da Fazenda Lagoa Santa, a cerca de trinta quilômetros de Bonito, região do rio do Peixe, a gruta era um bom local para se habitar e proteger do calor ou frio, o solo não possui estalagmites, e as divisões na entrada e parte do interior da gruta servem muito bem para sala, há espaço para cozinha e uma espécie de varanda de onde uma estonteante e mágica paisagem da morraria da Serra da Bodoquena pode ser avistada. Para entrar no compartimento que servia de quarto, é preciso quase rastejar, mas o esforço é recompensado por um local amplo e fresco, sem a presença de bichos peçonhentos ou morcegos e o cheiro desagradável de suas fezes — embora isso em nada incomodaria Sinhozinho, era coisa que ele solucionaria com um gesto. Os índios e mestiços que moravam na região tinham medo terrível da gruta, de soltar de lá a serpente gigante; e o local só foi devassado já nos anos 1980, mais de quarenta anos depois que Sinhozinho deixou a gruta e foi morar na região do rio Mimoso, onde está hoje a capela de Nossa Senhora, em terras de Hilário Sanches, coisa de doze quilômetros de Bonito. A equipe de espeleólogos que mapeou a gruta cerca de dez anos atrás não encontrou a serpente adormecida que acordaria feroz, devorando gente e animais domésticos — provocando ventanias, incêndios e tremores de terra. Porém, a crendice popular segue pensando que ela ainda está lá.

Naquela época, a propriedade do seo Hilário se chamava Fazenda Nova e já era terra da família Sanches. Mudou o nome para Nossa Senhora Aparecida por causa de Sinhozinho, da cruz e do altar que fez em madeira de cedro para louvar e homenagear a santa. Testemunhas dizem que Sinhozinho revelou-se um carpinteiro habilidoso e homem de força superior ao que sua aparência denotava, embora, claro, obtivesse ajuda de outros homens, peões da fazenda, para serrar e erguer as toras e os pedaços mais pesados de cedro. Pois há quem diga que ele sozinho erguia e ajeitava paus e vigas pesados, que meia dúzia de homens não fazia — só com a ajuda do Sinhozinho. Ele construiu então duas enormes cruzes de cedro e um altar, que depositou na capela em louvor de Nossa Senhora. Passou então a fazer rezas e novenas, benzeções e curas. O povo devoto aumentou, e as romarias tornaram-se diárias; havia quem nem mais fosse para a cidade, para casa ou para a fazenda de origem, permanecia no local rezando e ajudando num ou noutro serviço que surgisse ou precisasse. Para alimentar essas pessoas, Sinhozinho pescava com sua vara no rio, melava mel nos matos e ganhava mandioca ou mesmo carne de vaca ou ovelhas dos fazendeiros, sitiantes e outras pessoas que para lá acorriam atrás de seus milagres, sua fé, de cura e conforto para seus males e/ou angústias. Para céticos e religiosos que contam e debatem a história de Sinhozinho, esse foi o momento em que ele começou a incomodar os poderosos e a influir na sociedade e na economia da região, pois muitos patrões se viram sem empregados, muito comerciante vendia pouco ou nada, e o farmacêutico estava à beira da falência, pois não vendia mais remédios: o povo estava só na chapoeirada, remédio de jujo, benzimento e reza em busca de melhor saúde.

Também foi pouco antes dessa data que surgiu acompanhando Sinhozinho o negrinho Martim, mulato possivelmente criolo, nascido na região, mas que ninguém registra sua origem, seu nascimento, nome de pai, mãe ou patrão, fazenda ou arranchado em que nasceu. Mas há quem afirme que Martim juntou-se ao Sinhozinho ainda no tempo da Lagoa Santa. Weis sugere que a alcunha de Sinhozinho veio da fala de Martim, que servia como intérprete e ajudante do Beato ou Profeta, repetindo tantas e tantas vezes a palavra "senhorzinho" com o acento e entonação das populações descendentes dos povos afro, imigrados à revelia nos tempos do tráfico negreiro para o Brasil. A repetição fixou o termo, bem a contento e efeito da coloquialidade. (Huuumm...)

Bem, Olem Ruiz, até aqui devo dizer que sua satisfação está em total consonância com a escolha do tema, o fascínio e a complexidade das ações e implicações do mesmo e as possíveis inferências. Creio ser dessa época — a da capela de Nossa Senhora Aparecida e a moradia e pregação na Fazenda Nova — o período no qual Sinhozinho distribuiu as três orações aos devotos, erigiu e dedicou as treze cruzes aos fazendeiros da região e pregou e avisou sobre os acontecimentos espetaculares do futuro da cidade, das pessoas e da região. Sobre as orações, segundo Edwiges Aiwi, em seu trabalho de compilação e fixação das narrativas, depoimentos e passagens; elas — as orações — são as seguintes: Estrela do Céu, Carta Celeste, Carta Aviso, que teriam sido deixadas na capela de Nossa Senhora. Ainda segundo os depoimentos recolhidos, essas orações "seriam muito utilizadas por pessoas com profissões perigosas ou que reivindicassem saúde, paz e proteção divina". Outras duas orações teriam sido ditadas pela reaparição de Sinhozinho — depois de 1946 —, após sua prisão e morte. Segundo vários depoentes, entre eles os senhores André Paz Balbueno e Theodorico de Góes Falcão — seo Bijo —, as cartas foram ditadas ao negrinho Martin, capelão e ajudante do Sinhozinho, e que isso por si só já caracteriza um milagre, pois o rapazola era analfabeto e sequer conhecia um lápis. As cartas foram depositadas no altar da capela Nossa Senhora Aparecida, então apenas uma construção de esteios, caibros e ripas rústicos, coberta com folhas de bacuri. Há mais duas orações ditadas por Sinhozinho a devotos seus, depois de seu desaparecimento, sobre o tema: Amor, Justiça e Verdade, guardando muitas semelhanças com as orações citadas acima. Teriam sido ditadas ao devoto Alfredo Machado. Quanto à distribuição dos cruzeiros, as anotações recolhidas por Aiwi registram:

Desidério Ortiz — no Três Morros;

Dr. Silvestre Prado de Souza — na Estância Cafezal;

Gabriel Weis — no Roncador;

Hilário Sanches — na Campina Sagrada;

José Cesário Silva (Iaco) — na Lagoa Santa;

José Rodrigues dos Santos — na Fazenda Segredo;

Juvenal Firmo — na Fazenda Medieval;

Leandro Corrêa — na Fazenda do "Taíca" (está à disposição dos fiéis, pois "Taíca" mandou fazer uma igreja para essa cruz de "Senhorzinho" e dizem que é milagrosa);

Liberato Obando — em Santa Cruz da Caravaca;

Pancrácio Sanches — no Alto Mimoso;

Pérsio Luges — em Barranco Alto;

Temístocles de Góes — no Jaboti;

Timótio Gaúna — no Barranco.

Essas 13 cruzes teriam sido anunciadas pelo Sinhozinho e construídas e deixadas como prova de sua passagem e legado, pois, segundo o próprio Sinhozinho, seus dias estavam contados, e seu desaparecimento, próximo. A ordem de citação é alfabética, porque não consegui apurar a cronologia com que foram feitas e estabelecidas as cruzes. Minhas pesquisas se revelaram infrutíferas para obter simetrias ou paralelismos a partir de como e onde foram erigidos os cruzeiros; em Weis, nada consta; em Aiwi, a ordem é outra, mas sem justificativas ou explicações para o registro. O comentário adicional em uma das cruzes é de E. Aiwi.

Parecem ser desses dias as narrativas de Florisbela Jacques Sanches, nas quais dá conta de que Sinhozinho tinha anunciado um futuro luminoso e próspero para o então acanhado e rural

Rincão Bonito, que se tornaria uma cidade "resplandecente, bela e conhecida em todo o mundo" para, num futuro mais longínquo e não datado, decair e ser engolida por um imenso buraco que destruiria e soterraria casas e prédios, matando pessoas e animais, sepultando a cidade de luz e resplendor, de belezas mil, num cenário de ruínas, silêncio, solidão e esquecimento, tal qual uma Machu Pichu, uma Atlântida, uma Troia do porvir, uma espécie de Hiroshima e Nagasaki — por que não? Esses dizeres apocalípticos e trágicos são tidos como verídicos e incontestes por inúmeras pessoas, devotos e estudiosos da história de Sinhozinho, repetidos e recontados em versos diferentes, com ligeiras ou sutis alterações nas descrições, cores e tempo de como/quando irão acontecer. Para Carmina Weis, é a parte mais semelhante às profecias do apóstolo São João Batista presente na história de Sinhozinho e também em outras passagens e feitos narrados.

Irresistíveis são também as anotações da farmacopeia recolhida nos estudos da Edwiges Aiwi sobre Graciolina Sanchez, em que lista todas as plantas medicinais e suas funções mais prosaicas e outras nem tanto. Então vemos que a cancorosa serve para afinar o sangue, como anti-inflamatório e para regular o trato intestinal; umbaúba é um poderoso curativo para feridas, machucados e regulador do ciclo menstrual e ajustador da mulher que pariu; a losna cura ressaca, queimação de estômago, problemas de fígado e evita o mau hálito (se for dada a um enamorado antes do encontro, pode separar o casal); a menta, a hortelã e a erva-de-santa-maria são vermífugas sem igual, cessam a erisipela, a dor de dente e o churrio; os chás de folha nova (broto) de goiabeira cortam a caganeira; o de capim-cidreira, de camomila, de beladona e sálvia curam a insônia e dão disposição para a lida; arruda para benzer quebranto, perfumar roupas de uso, cama, mesa — afastar mau-olhado e conquistar um grande amor; o chá da casca do jatobá cicatriza até feridas no coração desprezado e de amor desfeito; flores de sabugueiro colhidas à meia-noite com lua cheia e postas em segredo no travesseiro da pessoa amada é conquista certa.

Outra nessa linha é de que, se varrer o terreiro onde ficaram os rastros da pessoa de bem-querer com vassoura da flor-de-verônica ou assa-peixe, essa pessoa retornará a sua casa para se declarar e firmar compromisso de namoro. Existem outras tantas mais, versando sobre saúde dos bebês, como salvar casamentos (como arranjar), como conquistar amores, também receitas e simpatias de cunho erótico e para resolver problemas práticos sexuais que lhe remeto para deleite e aprendizagem...

Sinhozinho foi denunciado para a Guarda Territorial por alguns comerciantes como charlatão e perturbador da ordem pública. Sua busca e sua captura poderiam ter redundado em uma luta entre os guardas e a população de devotos, mas Sinhozinho desde sempre foi contra a resistência, não pediu nem procurou defesa e evitou que mortes e violências maiores acontecessem. Apreendido, foi colocado sobre um cavalo, em pelo, teve mãos amarradas e também as pernas, com cordas unindo os tornozelos sob a barriga do animal. Abatido, desgrenhado, era uma figura triste e chocante quando entrou pelas ruas da vila, puxado por um policial montado num outro animal. As semelhanças e diferenças com as tradições cristãs são perceptíveis e bem salientadas por Carmina Weis: a entrada de Jesus montado num jumento em Jerusalém, contada e reencenada nas procissões de ramos, é parecida, embora haja dois mil anos separando uma da outra. Jesus entrou triunfante e foi saudado feito rei, Sinhozinho entrou preso e foi chorado, sentido, lamentado por muitos. Conta-se que, quando da prisão lá pras bandas da Fazenda Nova, o policial teria arrancado a cabaça com mel de jati do pescoço de Sinhozinho e bebido de um gole só o mel que ali estava. Só então levaram o prisioneiro para a cadeia pública, onde foi apeado da montaria, conduzido até uma cela, aí desamarrado e trancafiado.

A prisão de Sinhozinho e seu desfile pelas ruas do Bonito ainda estão na memória de muita gente. Papai — ele mesmo, seu Tio Alta — era um guri de 13 anos e conta que sentiu que as gravuras de seu livro de catecismo pareceram saltar e acontecer em tempo real pelas ruas areientas e esbranquiçadas da vila; que as faces de lamento e tristeza dos devotos e as imprecações, os xingos e as ofensas dos algozes quase que poderiam ter sido ouvidas em grego ou aramaico! Não mais nos sotaques aparaguaiados e gauchescos dos habitantes de Rincão Bonito. Fito Balta, o policial que conduzia Sinhozinho e que teria bebido em fundo seco da cabaça de mel de jati, era só pose e panca sobre o animal, aproveitava para encenar e se aparecer ainda mais no papel de valentão. Já o nome do delegado e os dos denunciantes estão envoltos em mistério, contradições e omissão. Não existem documentos legais e oficiais relatando a ocorrência, e a identidade dos "fazedores de malvadeza" perde-se em um diz-que-me-diz de nomes e mais/maiores responsabilidades, culpas e participação.

Embora existam relatos conflitantes de que Sinhozinho teria sido aprisionado duas vezes, considero — como Florisbela Sanchez — muito fantasioso que ele tenha sido preso, assassinado e jogado no rio Formosinho e de lá ressuscitado e reaparecido para mais pregações. Mais provável é que, sendo preso, permaneceu cerca de três dias numa cela, da qual saía e voltava sem destrancar a porta, deixando guardas e algumas testemunhas sem saber o que fazer e o que estava acontecendo. É certo que muitos afirmam que ele permaneceu preso porque quis; se assim desejasse, desapareceria da cadeia, e ninguém conseguiria impedi-lo de fazer isso! Entre os policiais que lhe faziam vigia, um deles — por nome Silvério Balbuena — abandonou a cadeia e saiu gritando esconjuros e benzeções, dizendo em altos brados orações em latim; correndo num desespero louco Pilad Rebuá abaixo, sumiu para os lados da Fazenda Mutum recitando suas rezas em idioma santo. Confirmou o fato anos depois, já residindo em Guia Lopes da Laguna com mulher e filhos; resultou num dos mais fiéis devotos de Sinhozinho, cumprindo promessa de todo ano comparecer à capela Nossa Senhora Aparecida. O que pediu e recebeu? Nunca disse, nem mesmo para sua mulher.

Sinhozinho foi embarcado num caminhão fordeco tuc-tuc e levado para a capital do Território de Ponta Porã. Quando o comboio saía de Bonito, os devotos choravam, as pessoas rezavam, e os poderosos sorriam. Os apartidários tentavam entender e explicar a cena. O negrinho Martim era choro e tristeza, muitos afirmam e dão fé. Sinhozinho fez-lhe gestos de que se acalmasse, que ele voltaria para levá-lo. Alguns dias depois, morreu picado por uma cobra. Foi enterrado em área próxima da capela de Nossa Senhora Aparecida. Sobre o destino final do Beato/Profeta, existem várias versões: de que ele teria sido morto, esquartejado e atirado no Buraco das Araras; de que ele chegara até Ponta Porã e aí veio a morrer na cadeia; de que ele não chegou ao destino, foi morto e esquartejado e jogado ao longo da estrada; de que ficou preso em Ponta Porã alguns meses e foi solto, vagando pelas imediações até sumir sem deixar vestígios. Os mais céticos preferem a última versão, os mais devotos creem piamente que ele ressuscitou, vagou algum tempo pelas capelas e fazendas do Bonito, ditou em sonhos cartas e orações aos fiéis, anunciou o futuro de farturas e tragédias até se fixar na memória coletiva das comunidades que uniu/converteu. Há os que esperam seu retorno, para reiniciar e terminar o trabalho que deixou.

Como influenciou a vida de tantas pessoas, permanecendo no imaginário popular até hoje, Sinhozinho está no patamar daquelas figuras em que o mito e o fato se entranham, estão indissociáveis: se complementam, se justificam e se contradizem. E veja, Olem Ruiz, meu renomado antropólogo, até sua pessoa está relacionada à história de Sinhozinho! Lembra-se de quando há vinte e cinco anos esteve aqui na fronteira? Registrando seus estudos de campo com os Guayaki-Aché pras bandas do Alto Caracol, segunda etapa de suas pesquisas? Pois bem, naquele baile de Dia de Reis (não era Caacupé nem São Sebastião, tenho certeza), na casa da popular e reverenciada anfitriã, dona Guilhermina Paniágua. Em que você conheceu e dançou horas com a Minda, aprendendo os rodopios da polca paraguaia, os chamegos do chamamé e a elegância tristonha do valsado das guarânias!? Sua parceira e professora Maria

Indalécia Garcia (a Minda) é filha da filha do policial que desertou do serviço de vigia do Sinhozinho, veio morar em Guia Lopes, sua filha casou-se e mudou-se para Jardim, onde nasceu a Minda! Ela manda lhe dizer que está solteira após dois casamentos e três filhos; não tem mais a beleza estonteante da juventude, alguns quilinhos recobriram sua cintura de vespa; mas possui a risada mais cascateante da fronteira, e os olhos castanhos acobreados soltaram faíscas quando me lembrei de você a ela. Segue feliz e faceira contando a todos que vai ser avó. Falei que você pensava em regressar por esses dias, e ela suspirou:

— Não me custa esperar.

Minda, neta do policial que fugiu correndo das aparições de Sinhozinho fora da cela (e que não gostava de recordar e falar muito disso), parece ter herdado através do avô as forças e características do Profeta: vive ignorando barras e cadeados!

Meu pai tinha um Saci

Meu pai contava que uma vez teve que atravessar um rio cheio, caía uma chuva daquelas já fazia dias; quando ele chegou à beira do rio, a correnteza tava subindo e forte, mas ele entrou assim mesmo. No meio do rio, o cavalo foi fraquejando, descendo rio abaixo, e ele pensou "vou morrer, meu Deus!". Foi quando apareceu pra ele o Saci. Ele pediu por ele, pela vida do cavalo, para conseguir chegar em casa debaixo daquela chuva derramada e que num se perdesse na estrada enlameada, escura, pois a noite já tava chegando, e faltava muito.

O Saci piou, sorrindo pra ele, deu uma baita gargalhada e sentou na cabeça da montada do meu pai. E o cavalo foi forcejando, nadando, bufando, e — quando papai viu — estavam saindo do outro lado do rio, bem abaixo do ponto da estrada, mas vivos! Encharcados, parecendo pintos molhados em beira de rancho. O cavalo relinchou agradecendo, sacudiu as tralhas e quase derrubou os arreios (ele não havia tirado). Papai conta que apertou as chinchas, arrumou alforjes e tudo mais, só aí desembrulhou a capa e se cobriu. Montou, e foi reiniciada a marcha. O Saci assobiou faceiro, ria e pulava no meio da chuva, da cortina de água que caía do céu. Era uma chuva derramada.

Naqueles tempos tinha muito disso! Chuva grande, chuva, chuva e mais chuva — de fazer subir e transbordar os rios! Encher aqueles mundos de água, alagar pra mais de quilômetro. Acho — num sei direito — que o rio era o Perdido, ou o Divisa, o Caracol, pois naquele tempo nós morávamos perto da Colorado Itá, num retiro da fazenda. Ainda tava muito longe de casa! Léguas e léguas... Quando ele sentiu que a montada tinha pegado de novo o rumo de casa e aumentado os passos, pediu pro Saci continuar guiando e que avisasse a mamãe que ele ia chegar, ia conseguir, até nossa casinha... O dilúvio que caía... A dificuldade em se orientar e seguir caminho era total, só se via água e não se enxergava quase nada... O pai vislumbrava um trecho, um pé de pau aqui, um caponete ali, conforme os relâmpagos clareavam — mas nem tinha tanto clarão assim... Caía era uma chuva pesada e forte, com relâmpago e barulho de trovão espaçado, demorado, que ele até torcia pra acontecer para poder ver o caminho, saber se deveras ia no rumo certo. Aí — quando num relampejava — chamava pelo Saci, que aparecia brilhoso, rindo de orelha a orelha, com aqueles dentes bem clarinhos e os olhos chispando um azul resplandecente. Meu pai gostava, sentia força e segurança.

Ele fazia barulho, o Saci, muito assobio e barulhos para avisar minha mãe, a dona Adelaide — isso, ela assim se chamava. Derrubava talher e caneca na cozinha, batia portas, fazia chiar, ranger as dobradiças da janela da sala; imitava guincho de coruja na cumeeira do telhado; pio de galinha choca com pintinho na rés do fogão de lenha. Não era nada, imagine! Era só chuva, chuva e chuva. Que que coruja ia piar com aquele tempo?! A galinha tava quietinha, encorujada com os pintinhos debaixo das penas, dormindo do lado das lenhas que ficavam na cozinha, pra seguirem secas e dar bom fogo... Mamãe conta que sentava e tomava mate sozinha, depois levantava e ia pra sala, para o quarto; na hora que a chuva dava uma acalmada, ela abria a janela e tentava ver lá fora, escutar o ruído do pai chegando. Fez isso a noite inteira, quase toda — e nada. Quando ela queria cochilar, o Saci fazia das suas, e ela despertava. Assim foi, horas e horas, indo da sala pra cozinha, pro quarto, voltando pra cozinha; esquentando e requentando o mate. Rezava no altarzinho dos santos, acendendo vela — num podia acender muito, que naquele tempo tinha pouca. Ela conta que quase morreu de medo e aflição naquela noite.

Meus irmãos num acordaram, dormiam a sono solto no quartinho das crianças. Nesse tempo já tinham nascido o Doroteo e a

Arminda — tinha uns quatro anos o mais velho, o guri; a menina, uns dois. E a chuva caindo, mais compassada, quase um chuvisco, quando ela escutou o bufo do cavalo e os paus da porteira sendo abertos só no vão. Era meu pai! Demorou um pouquinho no galpão desarreando a montada, deixou as tralhas e o alforje das roupas por lá mesmo. Quando veio pra casa, nem precisou bater na porta, mamãe estava na soleira esperando. Se abraçaram como nos tempos de namoro e foram pra cozinha, para papai se secar no calor do fogo. Mamãe coou café, esquentou broa de milho na frigideira. Seo Paná matou a fome enquanto se secava e contava dos apertos que passou. Mamãe escutando. Quando falou do Saci, ela deve ter ralhado com ele, pois morria de medo do bichinho. Meus pais se amavam muito, eram felizes juntos. Trabalhando e criando os filhos. Fazendo de um tudo na vida de peão daqueles tempos difíceis, sem luz elétrica, sem água encanada, geladeira, remédio de farmácia. Só me lembro deles assim, de mãos dadas, se abraçando e trocando beijinhos de cumprimento, boas-vindas, quando papai voltava do campo, do serviço; ela servindo o prato dele no almoço, na janta, e todos nós sentadinhos à mesa.

A chegada feliz em casa naquela situação rendeu uma noite de amor apaixonado. Eles se amavam demais! Já grandinha, com uns dez anos, lembro-me deles mandarem a gente brincar no terreiro, sair para catar bocaiuva, repontar a carneirama, apartar as leiteiras, essas coisas, pois o papai e a mamãe iam namorar — diziam. Nunca se zangavam com a gente, jamais levantaram a voz ou brigaram um com o outro, mesmo os ralhos da dona Adelaide por causa do Saci pareciam mais brincadeira, faceirices de mulher para com o marido. E o meu pai falava que tinha o Saci desde criança, gurizote de 13, 14 anos, que apareceu pra ele numa pescaria... Ele cuidava e tratava o bichinho com zelo, dava toco de fumo de rolo e copinho de aguardente, que punha no moirão da porteira ou em cima do forno de bafo que ficava atrás da nossa casinha.

O casamento feliz e afetuoso naquela noite de amor tem importância demais na minha vida, minhas recordações: eles me fizeram justo naquela passagem. Eu nasci lá mesmo no retiro Rodeio Velho, o meu irmãozinho, não, ele nasceu quando a gente morava no Capelinha Santa. Também moramos no Pedra Solta. Depois voltamos para a casa do Rodeio Velho. Meu pai trabalhava desde menino na fazenda, ajudando meu avô, que tinha vindo do Paraguai. Primeiro ele morou na fazenda Margarida, quando casou é que veio morar na Colorado Itá, cuidar do gado dos pastos do retiro Rodeio Velho. E o Saci veio junto, assustava mamãe, assoviava na janela, na fresta da parede, detrás do bocal do poço. A gente era criança e também morria de medo, ele aparecia pra gente! Papai contava que o bichinho era dele, que era manso, que num era pra ter medo; mas nem sempre eu, o Doroteo, a Arminda e o Catito conseguiam se lembrar disso e não tomar um baita susto! A gente escutava batido de janela, batido de palma no portão — ia ver, e num era ninguém, nem nada; fazia o barulho do balde caindo no poço, batendo na água lá no fundo — a gente corria pra ver, e o balde estava no mesmo lugar, com a piola enroladinha do lado. Papai se chamava Carmelino Paná, conhecido apenas por Lino, e dizia que o Saci ajudava sempre que ele precisasse! Se perdia o revólver, um machado, o machete — ele pedia e logo encontrava. Uma ponta de vaca, um bezerro amoitado, uma rês sumida, coisas assim, muitas vezes o Saci resolveu para ele. Às vezes, ele olhava para o pátio e não via a tropa, assoviava e falava com o Saci, uns instantezinhos depois e os cavalos já estavam relinchando na beira da cerca, na frente do portão. Falava que era o Saci que tinha repontado os bichos. Se tava fazendo um serviço na casa, ali perto, no galpão, e tinha que trazer as leiteiras para apartar, ele mandava o Saci. Isso quando a gente era bem pequeno ainda, pois o Dô, já mais crescido, ficou de responsável da função; e mais adiante íamos juntos, os quatro, com a desculpa de ajudar o Dô.

Eu contava com a idade de 11 anos quando mamãe morreu. Ai, que tristeza..., que saudade eu tenho até hoje! Ela foi enterrada no cemitério lá perto da nossa casinha, no Rodeio Velho. Não sei do que ela morreu. Se foi doença e qual; talvez uma infecção qualquer, naqueles idos e local, que recurso se tinha? Que remédio, medicação? Nenhuma, só chapoeirada, jujo e benzeção. Permanecemos só mais uns seis meses morando lá. Aí, eu e minha irmã Arminda fomos para Antônio João, morar com minha tia, irmã da finada mamãe. Os guris seguiram com meu pai e se mudaram para a Fazenda Margarida, para a Aurora, a Tupaciretã, a Taboca, bem numas seis ou sete fazendas papai e eles trabalharam. Seo Lino, bonitão e guapo, logo casou de novo, teve mais filhos com a segunda mulher. Anos, muitos anos depois, foi que vieram morar em Jardim.

Eu segui em Antônio João, estudei, mas desde cedo ajudava, eu e a Arminda ajudávamos a tia Nora na arrumação da casa, lavando roupa, varrendo quintal. Aprendendo a costurar, consertar roupa, cozinhar. E tomava cada susto quando entrava no meu quartinho, quando saía pra fora, onde ficava o tanque, quando voltava pra casa da escola, do armazém onde fora fazer compras: o Saci do meu pai tinha vindo comigo, aparecia pra mim, e eu não sabia o que fazer! Já mocinha, com dezessete anos, vim morar com outra tia, essa irmã de meu pai, dessa vez em Jardim. Não, não, meu pai seguia morando em fazenda, não tinha vindo pra cá ainda. Eu gostei demais daqui, da escola, das pessoas; minha tia Leonora era um amor de pessoa, me ajudava e ensinou muito. E tinha os bailes no Esporte Clube Jardim, uma delícia! Os filmes no cinema todo final de semana... era uma maravilha! Ainda mais pra gente, que nasceu e se criou no mato, em cidadezinhas pequenas, onde um rádio já era um luxo, uma modernidade sem tamanho! A Arminda casou e foi pra Bela Vista. Demorei anos pra voltar a vê-la.

Pois num é que o Saci me apareceu também aqui em Jardim? Quase morri de susto, não queria acreditar!! Pensei primeiro que era um personagem do filme que tava passando, mas percebi que era ele e tinha me encontrado, ria pra mim lá da tela, parecia estar no filme; o cabelo vermelho, os olhinhos azuis, igualzinho aparecia lá em Antônio João e nos tempos da fazenda! Eu cutucava e mostrava pra minha amiga Escolástica, para o Nelson, a Tata, mas eles não enxergavam ou estavam concentrados em ver o filme. Acho que era *Os Dez Mandamentos*... Depois, ou antes, não me recordo direito, apareceu no filme de 007, James Bond, imagine! Quase uma heresia! No final de *Dio Come Te Amo.* Naqueles faroestes com diligência e tiroteio. Nos filmes do Giuliano Gema. Fazia tempos que eu não via, mas desde então, e até hoje, ele me surge direto. Conversa comigo nos meus sonhos, me avisa de algum problema; que vou receber visita inesperada — só que aí a visita num fica mais tão inesperada assim; às vezes, avisa que uma pessoa conhecida vai morrer, que vai haver um acidente, que alguém próximo vai adoecer... Eu não gosto disso, dessas coisas, procuro não pensar, mas tantas e tantas vezes já me aconteceu... Uma vez ele assoviava, assoviava, que pensei que toda a vizinhança estivesse ouvindo. Daí a pouco chega um senhor avisando que meu sobrinho tinha estragado o carro na estrada, que estava esperando socorro. Outra vez eu estava sozinha, e começou a cair coisa por toda a casa, copo, prato, talher, até bacia... Levantei e fui conferir — não era nada! Dali que tocou o telefone: era do hospital, avisando que meu filho estava lá, tinham se acidentado, batido o carro, ele e os amigos voltando de um baile, estava machucado, de braço quebrado e muitos arranhões. Mas nada de mais grave.

Falei até para o pastor disso, e ele pediu que eu orasse. Orei, orei muito, mas seguiu me aparecendo, avisando; então o pastor me tranquilizou, dizendo que as coisas do Senhor nem sempre são explicáveis para nós, mesmo nós que tanto cremos. Viva e aprenda com suas aparições — me aconselhou —, não tema, não ignore e nem comente com as pessoas... Um amigo meu, que é místico e gosta de estudar, de ler sobre essas coisas, chegou à conclusão de que, como eu fui concebida na noite do temporal, quando o papai tanto pediu para o Saci, o Saci também me adotou, me incluiu, pensa que faço parte dos cuidados dele. E, com a morte do meu pai — que era ele que tinha um Saci —, o bichinho me ficou como uma espécie de herança.

Apareceu depois das chuvas

Tuvo que acercarse mucho para descubrir que era um hombre viejo, que estaba tumbado boca abajo en el lodazal, y a pesar de sus grandes esfuerzos no podría levantarse, porque se lo impedían sus enormes alas.

GABRIEL GARCÍA MÁRQUEZ,
Um Señor Muy Viejo Com Unas Alas Enormes

O grito de minha amada Maia foi de pavor e desespero, ecoou pelas árvores do quintal, saltou os muros e varou cercas, ribombou feito explosão de dinamite sacudindo o chão, tremendo portas e batendo janelas da vizinhança. Corri pros lados do galinheiro, que era de onde havia partido o grito, um só, mas longo e agoniado; junto comigo, a Fermiana Arce, nossa empregada de toda uma vida. Chegamos assustados, arfando, Fermiana com a pituca indefectível em desalinho, a respiração afobada e o vestido estampado esvoaçando, como se ainda não tivesse parado de correr; os olhos cor de capim florado saltando das órbitas atiravam faíscas. Eu, descalço, sem meus óculos e ainda de pijama. Maia apontou para os lados do galinheiro, dentro: lá estava ele! Um enorme, gigantesco, adormecido Pai do Mato. Estendido no chão barrento e sujo das titicas de galinha, os olhos cerrados, a respiração rápida, a cara feia e brutal, os lábios de macacão de filme entreabertos, deixando à mostra os dentes ameaçadores, os braços largados, peludos, e as manoplas de tamanduá com unhas descomunais. O umbigo meio pelado, com o couro avermelhado — único local sem pelos sobre todo o corpanzil. Ah, também o falo, os bagos deitados pelas coxas da perna imensa, que se estendia pra mais de metro, potentes, cabeludas e brutais, terminando em pés que eram uma mistura de humanos com tapir: grossos e grandes, unhas coriáceas, sola cascorenta, parecendo o fundo de uma moringa.

Nisso os vizinhos já chegavam, aflitos, preocupados, querendo saber o que acontecera. Algumas crianças que viram o bicho gritavam e choravam; as mães e madrinhas cercavam, tapavam os olhos dos pequeninos, e repontaram todos eles para longe do quintal, do galinheiro. Junto da primeira leva de curiosos, meu compadre Masao, Olímpio Masao, veterinário, que com muita presença de espírito falou: ele está vivo, vou cuidar dele, afastem-se, afastem-se. Abriu sua maleta profissional, retirou os instrumentos, ajudamo-lo a puxar o bicho para um canto mais seco e limpo do terreiro — coisa difícil, pois havia chovido demais nos últimos dias. Mediu pulso, auscultou coração, pulmões. Fiscalizou o corpo todo à procura de alguma ferida, um machucado — nada foi visto. As comadres socorriam Maia, davam-lhe água com açúcar, chás, abraçavam e arrumavam seus cabelos, massageavam seus braços, dizendo palavras de conforto, de incentivo, algumas proferindo rezas e orações em voz baixa. Só então atinaram de levá-la para dentro da casa.

Os homens seguraram o Pai do Mato para que o veterinário lhe aplicasse as injeções, na veia e na carne. Apareceu o delegado, o prefeito. Conversamos, e decidiu-se fazer a toque de caixa, num mutirão, um local coberto de bacuri, cercado de tela grossa, forte, com serragem no chão, para abrigar o bicho, pois o veterinário disse que ele ia viver, se salvar, precisava de área segura, bem limpa. As pessoas continuavam chegando para ver aquela aparição impensável, o monstro, o bicho, a legendária assombração. Viu como existe?! Viu como é verdade?! Então é real?! — eram frases que se ouviam entre os presentes, seguidas de explicações, argumentos, análises e muitas, mas muitas outras histórias de quem tinha visto e contado. Aliás, contar e recontar as histórias de pé de garrafa do tempo dos avós voltou a ser moda, de novo, por aqueles dias.

O delegado achou por bem deixar dois policiais de guarda junto do chiqueiro, e demarcou-se uma linha de onde as pessoas podiam chegar, nem muito perto, nem muito longe. O bicho dormiu por dois dias até enfim acordar. Olhou em volta desinteressado, olhar perdido na multidão que o admirava — parecia nem ver ou perceber tanta gente. Não rosnou, nem gritou, nem roncou, era só silêncio. Tampouco se movia muito, andava uns passos, sentava, deitava, se escorava nos troncos do cercado. As pessoas continuavam a vir até nossa casa para vê-lo, uma multidão que passava o dia no quintal, falando e conversando, tomando intermináveis tererés. O compadre Masao veio todos os dias durante um mês, depois foi rareando as visitas, as pessoas também. Talvez depois de uns três meses, o delegado decidiu que só de longe, do outro lado da cerca, bem uns dez metros do chiqueiro, é que poderiam ver o ente, o ser; foi um alívio, a rotina voltou à nossa casa, as crianças puderam brincar e estudar do jeito que era antes. Com o tempo, nem mais na cerca se avistava a multidão, apenas alguns curiosos, a maioria deles turistas e viajantes de passagem, que desejavam conferir a inusitada aparição.

Quando o bicho acordou, não sabíamos o que ele comeria, como íamos alimentá-lo. Fermiana fez uma canja bem ralinha, sem sal — pois o veterinário assim recomendou —, e levou para o animal. Ele bebeu sôfrego numa tigela alouçada, derramando quase tudo. Fermiana pôs mais, e mais ele bebeu. Também aceitou o leite. E assim foi decidido o cardápio. Com o tempo, Fermiana diminui as doses, e o Pai do Mato bebia apenas uma caneca de canja rala mais uma tigela de litro de leite por dia. Por precaução, as crianças não iam mais brincar no quintal perto do galinheiro. Quase um ano depois que o bicho apareceu, nem mesmo os soldados da guarda vinham mais; ficamos só nós a cuidar da assombração, quase ninguém mais dava bola; depois, só eu e Fermiana. A Maia nem mesmo olhava para o quintal, seus dias de cuidadeira das galinhas, de apanhadeira das frutas do pomar e dos ovos da criação ficaram para trás. Ela agarrou verdadeiro horror daquela aparição. Xingava céus e terra, esconjurava para o bichão sumir, desdizia de padres, pastores e pais de santo.

As conjecturas, as previsões e os avisos que o padre, o pastor, o pai de santo e o benzedor fizeram quando da aparição não se confirmaram. Se bem que o padre disse também serem insondáveis os desígnios de Deus; o pastor falou que havia mais mistérios entre os céus e a terra do que supunha nossa filosofia vã; o pai de santo disse que podia ter sido a chuva que tinha caído demais que fizera aquilo aparecer. O benzedor me disse que ia fazer umas rezas e uns esconjuros para ajudar a força dos remédios que o veterinário tinha dado no bicho (a Maia queria mais é que matassem ou sumissem com o bicho). O ser estranho e feio era calmo, tranquilo, não parecia ter parte com o mal nem ser personificação do satanás. Tinha lá suas semelhanças com uma entidade encarnada, rediviva e presente na nossa dimensão, isso lá tem muito de verdade. Mas não se confirmou a hipótese de que era um ente das chuvas, das nuvens, e que caíra do céu com o dilúvio que despencara por aqueles dias; tempos depois, mais de semana e quinzena de chuvarada enfrentamos, só que nenhum Pai do Mato surgiu de novo, nem aqui em casa nem em outra casa da cidade ou de qualquer outro lugar — ao menos não ficamos sabendo. Vieram sim uns bandos de papagaios, gritões, barulhentos, que sentavam nos fios da rede elétrica aos montes, parecendo imensas andorinhas; voavam inquietos, desciam na rua, nas calçadas, na praça, disputando grãos de milho e pedrinhas com os pombos.

O tempo foi passando, e a gente se acostumou com a presença dele, nem os gritos que passou a soltar no fim das madrugadas, bem cedinho, ou durante os finais de tarde, começo de noite, não assustavam mais ninguém; apenas uma ou outra criancinha nova, aprendendo a caminhar, mas, assim que iam lá na cerca e viam o bicho, gostavam de cara, aprendiam de quem era o uivo, até tentavam imitar aquele homenzarrão alto e peludo, com cara de macaco, pés de anta e umbigo avermelhado. Tinha quem dissesse que ele chamava a namorada, a fêmea, mas os uivos nunca foram respondidos, nem apareceu uma "Mãe do Mato" atraída pelos chamados do bichão. Fermiana um dia me contou, pedindo que eu prestasse atenção que era verdade: o bicho passou a responder aos apitos da CER-3, de manhãzinha e no final da tarde, os apitos por volta do meio-dia ele não escutava, estava dormindo.

Um dia Fermiana tomou o maior susto. Atarefada em terminar o almoço, escutou um rosnado baixinho e umas pancadas na parede de tábua da janela feitos com uma tigela — era o Pai do Mato que vinha reclamar sua porção de leite que Fermiana havia esquecido. Ela ralhou com ele, pedindo para esperar um pouquinho, que já lhe servia. O bicho parece ter entendido, retribuiu com um olhar humilde e se agachou ali mesmo perto da janela, sumindo da vista da cozinheira. Instantes depois, ela foi até o local com uma jarra de leite, chamou, e o bichão se levantou e levou as duas mãos postas com a tigela para que Fermiana despejasse o leite. Ela fingiu não se emocionar, ordenou que ele voltasse para o cercado para se alimentar. Ele foi, bebeu e dormiu. Então ela foi ligeira e silenciosa trancar a porta. Isso adiantou por alguns dias. Certa manhã, varrendo o quintal como vinha fazendo há meses, dessa vez desconfiada, pois o bicho já tinha aberto a porta uma vez, ela o viu levantar e ficar olhando-a varrer o terreiro. Uns três dias depois, quando abriu a janela que dava para o quintal, bem cedinho, na hora de acender o fogo para esquentar água para o mate e o café, não acreditou no que viu! O bichão estava tentando varrer o quintal, todo desajeitado com o cabo muito curto da vassoura de Fermiana. Ela correu a me chamar, e pediu que eu ajeitasse uma vara bem maior para a vassoura do ente, que a essa altura parecia domesticado. Fiz, e ele melhorou sua técnica de varrição com os dias, mas o quintal nunca mais ficou tão limpo quanto quando Fermiana limpava — nem ela ligou muito para isso. O passo seguinte foi quando ele apareceu no meio da tarde batendo na janela e estendendo a tigela suja e lambrecada em que tomava leite para que Fermiana pegasse os ovos das galinhas que ele havia colhido.

E assim foi se transformando a rotina. O bicho varria o terreiro de manhã, tomava leite e dormia, acordava de tarde, andava pra lá e pra cá com lentidão, sentava nos tocos do quintal, se escorava nas árvores — um pé de manga, um abacateiro, as laranjeiras; lá pelas quatro da tarde, catava os ovos para Fermiana e levava para ela na janela da cozinha, onde pela manhã ia pegar o leite. Passou a chupar alguns ovos crus, mandou ver em muito indez, mas não bulia no ninho das chocas, nem engolia os pintinhos recém-nascidos. Fermiana fazia vista grossa, fingia não ver a travessura do inumano chupando ovos. Disse pra ela que a gente não podia ficar bravo com o bichão, num tínhamos força pra aplicar um corretivo. Tenho minhas cartas na manga, falou ela em tom de mistério. Num sei ainda o que pode ser, mas ela se afeiçoou tanto ao bruto que penteava toda semana aquela pelama grossa, abundante, da cabeça e das costas do tal. O cercado virou apenas o quarto onde dormia, e fizemos um jirau reforçado de madeira, coberto com capim nos tempos frios, folhas de bananeira no verão. Ajeitamos uma parede pra cercar o vento do Sul. Teve até uma vez que dona Deborah do Rancho S trouxe um fardo de alfafa para a cama do monstrengo, que já não assombrava ninguém. Apenas minha amada Maia seguia assustada e reticente, pedindo atenção, dando ordens, lançando avisos. Tinha receio de que atacasse e machucasse as crianças, lamentava que elas nem mais podiam brincar no quintal, que aquele bicho invadiu e ocupou, tomou para ele. Fermiana a tranquilizava, eu fazia o melhor que podia, mas era pouco. Ela virou numa fúria. Nada a consolava nem satisfazia quando o assunto era o bichão.

O bicho pareceu depois de tudo isso até querer aprender a falar. Varria o terreiro vocalizando, algo assim como o ronco de um porco e a voz de uma galinha choca; eu e Fermiana ficávamos olhando e escutando, meio escondidos na janela entreaberta, pelas frestas da parede de tábuas com mata-junta falhado. (A Maia só faltava nos bater quando via que estávamos brincando de esconde-esconde com o bicho.) Um dia me assustei, era de tarde, meio friozinho, e fui para a cozinha logo depois da sesta. Escutei a conversa das crianças no quintal e gelei. Corri para a janela, que abri de supetão. Que cena, meu Deus! Que alívio e que graça recebi e agradeci ao ver a cena. Sentado num toco, cercado pelas crianças, o serzão descascava laranjas com uma faquinha de lâmina gasta para que a gurizada chupasse. Como aprendeu e conseguia com aquelas mãozonas gigantes eu num sei. Daí o quintal voltou a ser também da gurizada, que, depois que o grandão varria, ia brincar de casinha, cozinhadinha, carrinho. Ele se deitava no cercado ou cochilava recostado nos troncos das árvores, à sombra. A criançada passou a catar vassoura de guanxuma ou gervão, de alecrim também — que catava lá nos campos do Celeidão —, e a fazer o baita vassourão com que o bicho limpava o quintal; eu ajudava muitas vezes, prendia bem o amarrio com arame fininho, também com latinha de extrato de tomate daquelas vermelhas, fazia tudo bem reforçado. A gurizada era só felicidade! Jogavam peão, bolita e torito no terreiro varrido com a vassoura que tinham catado para o monstrengão se ocupar. O bicho estava até se parecendo um cachorro, um cão de guarda.

A Maia, em vez de melhorar, piorou! Nossa vida virou um inferno dentro de casa, ela não dormia e nem parava de falar. Reclamando, choramingando, prevendo as tragédias mais horripilantes. Eu tentava acalmar e mostrar o belo da situação, mas ela se mostrava irredutível, durona, uma pedra. Até que um dia, também depois da sesta da tarde, acordei e fui requentar o café para despertar "com gosto". Olhei pela janela de novo, a Fermiana estava lá fora, do outro lado da casa, batendo roupa na cantoneira, pitando paieiro e cantarolando seus chamamés bem antigos. A gurizada tava toda no quintal em volta do monstro, que soltava seus pios de galinha choca mesclados com ronco de porco e ia quebrando com calma, batendo nas pedras — toc-toc-toc — os coquinhos de bocaiuva que a Zá, o Tato, o Feu, a Toia, o Bibo, o Neto, a Buga e o Beto iam pegando um a um, cada um na sua vez, levando à boca para remoer. Corri a chamar a Maia — para ver se tirava a cisma dela dessa história.

Mula sem Cabeça

Entre as histórias de lendas e mitos, a da Mula sem Cabeça se inscreve como das mais curiosas e imaginativas. Diz-se ser uma maldição que se abate sobre mulheres que, não resistindo à tentação, vieram a ceder, seduzir e copular com padres. Não uma ou duas vezes, nem uma temporadinha de nada, mas sim e apenas quando se tornam amantes contumazes, frequentes e querenciadas. Então, a mulher começa a sentir calafrios, esgares nas faces e tremeliques pelo corpo, caem em mutismo sem motivos, cantorias sem nexo, dão para errar o sal na boia, encardir os guardanapos, manchar e mal lavar as roupas; se descuidam da limpeza da casa, do asseio dos filhos — quando os têm —, das amizades e até do chimarrão e do tereré bem-feitos e tomados.

Numa dessas noites de lua nova, sem luz alguma, breu de um tudo, elas não mais resistem, fogem para um lugar ermo que pode ser uma gruta, um caponete frondoso, um paiol ou galpão, uma tapera, e iniciam a transformação em Mula sem Cabeça. Primeiro, dão de zurrar, escoicear e bufar até perder a dita cabeça, que se separa do corpo — caindo ou sendo destacada pela mesma mulher e colocada a um canto seguro e protegido. A mulher vê logo o pescoço alongar-se, feito de burro ou mula, surgem crinas, a cernelha, os braços viram-se em patas com pelos de muar e até o riscado zebrino das canelas, as mãos se engrovinham e transmutam-se em cascos. O mesmo se observa com o corpo, com as tetas descendo até o meio das patas traseiras, a vagina subindo abaixo do ânus e este debaixo da cola, do rabo, que é diferenciado um tanto dos burros comuns, é mais encorpado, comprido ou não, conforme os cabelos da amaldiçoada, e — dizem os doutos no assunto — tem a cor do cabelo da dona enquanto mulher humana.

No lugar da cabeça, no alto do pescoço do animal, surge uma labareda, uma tocha, um lume que se modifica — aumenta ou diminui — conforme a besta se movimenta, funga, bufa, relincha e zurra, pois que a figura tem mais vozes e barulhos que os vocalizados pelos burros e mulas naturais. Já então transmutada, a mula sai galopando, trotando e correndo pelo mundo, pelos trilheiros, pelas estradinhas vazias e solitárias; assustando transeuntes distraídos, incautos; mudando o fogo de suas ventas conforme o vozeio que produz, soltando ora labaredas, ora fagulhas, fumarolas e lume baixo — feito pavio de candeeiro. E assim permanece noite adentro, madrugada afora, num ir e vir sem rumo, zurrando, relinchando, bufando. Dizem que mata e queima os humanos que encontra, que escoiceia e dá manotaços, culpando quem a vê ou cruza com ela como o responsável por sua maldição. Outros estudiosos dizem que não, que ela não mata nem machuca quem encontra, que até foge dos humanos, que apenas corre, vagueia, perambula pela noite iluminando os caminhos, estradinhas e picadas com o fogo feito uma tocha no alto do que seria sua cabeça.

Quando a noite vai findando e o sol não tarda, ela regressa ao lugar em que se transformou, deita-se cansada e fatigada, gemendo baixinho, perto da cabeça humana. Se revira em mulher humana, recoloca a cabeça e volta ao normal de seu corpo e de sua vida. Retorna pra casa dando desculpas esfarrapadas do sumiço, inventando motivos falsos, razões descabidas e problemas inexistentes. Todos à sua volta percebem que existem coisas mal explicadas e angu de caroço no fato, mas quem é que vai pensar que ela vira mula, quem é que acredita em Mula sem Cabeça? Quase ninguém.

As escolas mais confiáveis sobre feitiços e maldições dão conta de que o mal é sem solução. Ou antes — que o fim do problema é a morte, e apenas a morte. Para tanto, é necessário que se siga a mulher na noite da transformação sem que ela perceba — pois, se perceber, irá tentar ferir e destruir o enxerido após a mudança corporal —, e nisso concordam os estudiosos brandos ou aguerridos. Falam sobre o tamanho da fúria da mulher-mula quando descoberta e em apenas desconfiar de estarem tentando acabar com a maldição. Penso que é lógico e correto, afinal querem é matá-la, e, fora os suicidas, não sei de nada nem ninguém que queira morrer... Não há motivos razoáveis pra termos pressa, né mesmo? Pois bem, seguindo a mulher-mula até o local da mutação, espera-se acontecer o feito, a transmutação, ela afastar-se do local saindo para vagar na noite e, então, retira-se a cabeça humana do local, escondendo-a em sítio seguro, para depois recolocá-la no pescoço da morta... O cadáver não irá ficar inteiro, permanecerão separados corpo e cabeça, e o segredo da vítima será de fácil desvelo; mas, se não se reunir e sepultar juntos o corpo e a cabeça, o infeliz que desfez a maldição irá ele mesmo — homem ou mulher — sofrer do mal e virar ele ou ela um Mulo/Mula sem Cabeça. Essa é a única forma, aliás, de se pegar a maldição sem ser fornicando de modo cotidiano e corriqueiro com um padre, e o único modo que pode atingir homens.

Escondida a cabeça, ao voltar da noite de correrias e galopes, a amaldiçoada não pode efetuar o desviro, desespera-se, escoiceia, zurra, bufa e relincha, lamenta e chora e urra... Procura a cabeça e o seu algoz com fúria e disposição inauditas; não encontrando, vai esmorecendo, se abatendo, cansando; deita-se e — ao sair do sol —, sem poder desfazer o encantamento, morre. Nesse ponto, os estudiosos debatem uma cruel divergência. Há os que advogam que, ao morrer, a mula de imediato se transmuta num corpo de mulher; há os que afirmam que a transformação ocorre após alguns minutos; há os que dizem que ela só acontece quando se junta a cabeça humana ao pescoço da mula morta e que fazer/presenciar a desviração é um momento de forças e magias impressionantes! Na sequência, deve-se colocar a defunta em um caixão, realizando velório rápido, mas com muitas rezas, enterrando antes do pôr do sol.

Conheço um caso de desviro que não acabou em morte, nem velório e enterro; antes, em felicidade e companheirismo, num arranjo e solução espetaculares. Aconteceu em Colorado Itá, uma cidadezinha na beira do rio Caracol, nos idos de 1890/1900, quando ainda havia muito ouro por lá, muita gente e casas, comércio e riqueza. Depois a cidade foi se esvaziando, sendo abandonada, cobriu-se de mato, e um episódio sangrento acabou por sepultar o sítio no esquecimento — mas disso falo outra hora. No tempo da história da Mula sem Cabeça, a vila era ainda próspera e habitada, contando cerca de cinco mil almas, mais até que Nioaque ou as nascedouras e emergentes Ponta Porã e Porto Murtinho.

Uma dona casada e devota acabou se engraçando com o padre novo, frei Domenico, recém-empossado na pequena paróquia. O casamento de interesse, arranjado pelos pais, não satisfazia nem encantava a sonhadora, bela e guapa Veridiana Azuaga. Sem filhos, cuidava da casa, das roupas do marido, da comida... E a vida de segurança e tranquilidade não lhe apaziguava o coração nem o corpo, ela desejava mais, sonhava uma vida de prazeres e delícias, tal como nas literaturas que já tinha lido. Viu — então — na figura do alegre, comunicativo e jovem pároco recém-chegado ao povoado uma possibilidade. Primeiro não entendeu nem percebeu o quanto a figura dele a agradava e atraía. Ir à missa, participar das quermesses e vigílias passou de obrigação quase enfadonha a um evento esperado, repleto de dedicação, de empenho. Manter o templo limpo, os altares e imagens de santo, os panos e tecidos da igreja — atividades que tomou pra si e realizava com prazer e muita eficiência — tornou-se quase que automático, e as outras devotas mais experientes e carolas até gostaram, pois estavam fatigadas dos serviços exigidos pelo padre, pela casa religiosa. Chegaram a pecar em imaginação com o desvelo de Senhorinha Azuaga, mas espantaram o mau pensamento, se benzeram e, penhoradas, agradeciam a bondade divina...

Daí que em pouco tempo Veridiana acabou por ir para a cama do frei, conhecendo-o de modo bíblico, repetindo e bisando as coisas pecaminosas — essas custariam e muito para Veri... Tornaram--se amantes, sem levantar suspeitas, sem que isso prejudicasse o casamento de Veridiana e sua dedicação, seu zelo para com o marido. Os dias iniciais dos desvarios que levam os neófitos em amasiamento a se descuidarem e darem mostras, sinal ou "bandeira" passaram sem sonsice ou marcação. O tempo de equilíbrio, de entrada no cotidiano, a ninguém alarmou ou fez-se notar... Já ia pra bem mais de ano quando Veri principiou a sentir os sintomas da maldição e logo em seguidinha deu pra virar mula nas noites sem lua. Emagreceu bastante, perdeu o viço e a beleza, mas só chamou a atenção para seu mal e problema às índias da aldeia Panambi, que iam quase todo mês vender cestaria, cerâmica, milho-saboró e algum ou outro animalzinho silvestre. Elas em discrição e pena avisaram ao xamã da aldeia, tal de Cavaju Tamuku, para que ele salvasse a pobrezinha. O sacerdote queimou ervas mágicas, atiçou fogo e jogou coquinho de bacuri; observou o caminho das estrelas, o voo dos pássaros, o pio das aves de agouro e aviso que só falam de noite... Diz-se que chegou a uma receita com seiva de jatobá para ser tomada e banhos com caldo da casca do angico e do barbatimão. Foi vender mandioca e milho, fubá, raizama e jujo na casa de Veridiana para fazer contato e tornar-se amigo da amaldiçoada. Nessa empreita, levou bem uns três meses. Mas, enfim, conseguiu conversar e explicar as possibilidades para Veridiana, que concordou, mas pediu uns dias para conversar e decidir junto ao padre Domenico Cazzole, o cura da paróquia e italiano bonitão que desvirtuara a Veridiana bem casada, conformada e obediente, cujos sonhos de amor e felicidade deram por torná-la uma mulher que virava Mula sem Cabeça.

O padre escutou a história do índio xamã da própria boca deste, pois não conseguiram ele e a Veridiana se entenderem... Se emocionavam, choravam demais, não tinham certeza de como seria feita a operação e quebra do encanto. Duvidavam de que tudo desse certo, mas ao final Veridiana insistiu, disse que, se desse certo, continuariam juntos, se não, ela morreria e acabaria com sua maldição. Se morresse, ficava também sem o amor do amado, mas estava disposta a pagar esse alto preço. O padre Domenico consultou suas ideias, rezou e pediu luz antes de concordar com o pedido de

Veridiana e com a proposta do xamã Cavaju; aventou que estava vivendo em pecado, que assim continuaria, mas daria alívio aos penares de Veridiana e à maldição que lhe impusera ao ceder aos apelos do desejo. Veri ainda virou Mula sem Cabeça umas duas luas novas, até estarem prontas as feitiçarias do xamã. Ela bebia seiva de jatobá todo dia, uma vez por semana se banhava com as caldas de angico e barbatimão. O ritual exato de tudo isso bem não sei...

Na terceira noite sem lua, noite de lua nova, Veridiana foi seguida pelo xamã e pelo padre com todo cuidado possível, mesmo sem que ela soubesse que eles iriam realizar seu desejo e sua vontade. Cuidavam estes que, se ela soubesse, poderia reagir de modo raivoso e acabar pondo a perder a única forma de remediar seu destino; e ainda amaldiçoar ou destruir o padre e o xamã. Numa ruína de casa antiga de pedras, viram quando ela se transformara e saíra zurrando e bufando para vagar pela noite. Rápidos, esconderam a cabeça humana, e o xamã besuntou o pescoço degolado com uma espécie de pomada esverdeada, que negou dizer o que era ao frei. Esperaram aflitos, ansiosos, o tempo passar; recordaram os pais, a infância do padre na longínqua Itália, enveredaram pelos assuntos de velhos amigos, pelas confidências... Quando Veridiana transmutada em Mula sem Cabeça retornou, estavam quase dormindo no esconderijo e só despertaram com os barulhos infernais e raivosos que a besta soltava. Ouviram seus coices nas paredes, no duro do piso e do chão; os bufos que soltavam faíscas e labaredas tal um maçarico, se naqueles tempos e idos já tivesse sido inventado... A inquietude e a disposição da fera foram se acalmando, suas forças diminuindo, sendo minadas. Deitou-se estrebuchando no piso da casa velha, bufou, rosnou, gorgolejou cada vez mais baixo, quase um lamento de despedida e aceitação da derrota, do fim.

Quando o sol nasceu, estava imóvel e batida no chão; o xamã correu com a cabeça humana e uniu ao pescoço da mula acéfala. Buliu maracá; murmurou esconjuros; fez gestos de vaticínio, de jura; cantou olhando para o céu, para o sol nascente; empunhou ramos de ervas — carapiá, tapecuê e fedegoso; deitou sobre o ferimento da mula inerte e da cabeça humana ali encostada uma pasta babosa de *Aloe vera* misturada com graxa de sucuri (esses dados ficaram preservados na oralidade da tribo). Deu três folhas de erva-mate para o padre pôr na boca e mascar; também mascou a erva mais um pequeno naco de fumo. Tocou o *turu* de rabo de tatu-canastra. Em instantes, o fim da maldição se fez.

Ao invés do corpo da mula virar mulher ou morrer, foi a cabeça humana que sob o folharedo foi se transmutando, mudando, adquirindo formato e jeito de uma cabeça de mula! Era esse o segredo, o jeito de desfazer a maldição para sempre. Veridiana foi transformada em mula de verdade! O padre e seu amor seguiram vivendo seu destino de amar em pecado, mas quem visse a dedicação, o esforço e as lonjuras em que ia montado em sua mula, levando consolo espiritual, fazendo rezas, assistência social, nada percebia — até elogiava, se admirava. Faziam batizados, casamentos por aquelas casinhas e ranchos distantes, enfiados na miséria, na pobreza, na ignorância... Não se imagina o quanto amor e pecado fizeram para trazer respeito, assistência e consideração àquela gente esquecida, amaldiçoada, condenada à fome, ao sofrimento e à falta de oportunidades — mas que foi salva e lembrada graças ao encanto remediado pelo índio xamã Cavaju Tamuku.

O amor do padre Domenico com sua mula Veridiana continuou, percorrendo cada choça, muito casebre e muito rancho, para dar extrema-unção, levar remédio, comida, conselhos, sem falar da esperança; participando de novenas, fazendo batizados. Lá ia o padre! Quem os visse não pensaria sobre o terrível segredo de suas vidas entre a santidade e o pecado — a maldição pra poder fazer o bem. Um destino no qual o romantismo apagou e encobriu todo resquício de bestialidade, de infortúnio... Que história!

As senhoras da paróquia lamentaram demais o sumiço de Veridiana... O marido dela nem tanto, pois se juntou com outra com quem depois casou em pouco mais de ano. Acho que permanecem ignorando a verdade do que aconteceu. Eu mesmo assim estive durante muito tempo... Via o padre passar volta e meia pela rua da cidade montado na mula, mas só depois de anos, quando a índia Jacira veio morar aqui em casa, é que ela me confidenciou a história.

Lobisomem

É mentira que lobisomem vaga pelas noites enluaradas à procura de galinheiros, chiqueiros de porcos e por debaixo de poleiros de aves domésticas no afã de comer merda, bosta, titica... Eles comem quase nada, remexem um lixo ali, um monturinho aqui, um resto de comida de cachorro ou carniça que sobrou... Atacam, destripam e devoram gatos, ratos e morcegões de taquaral. Tampouco é verdadeiro que eles virem por conta da maldição de ser mordido ou arranhado por outro lobisomem, por serem o sétimo filho homem de uma família ou por ter recebido uma maldição de tia, praga de madrinha. Por terem deitado com as cunhadas... Eles viram lobisomem porque são homens fracos, adoentados, e padecem de uma tristeza e agonia de viver; um desconsolo de alma em paixão avassaladora, dessas de prostrar qualquer cristão e de desenganar a possibilidade de vir a conquistar a felicidade, o equilíbrio emocional e — mais das vezes — o coração do ser amado.

Sua transformação e metamorfose estão relacionadas aos ciclos lunares, às noites de plenilúnio e à influência que esses fenômenos causam nas águas, nas plantas, nos pássaros, nos animais e nos espíritos. Os homens afetados por essa efeméride sentem umas comichões nos gorgomilos, uma pinicação nos folículos pilosos, calafrios, tonturas e uma vontade irrefreável de urrar, gemer e guinchar... Saem ao largo nos campos, procuram taperas solitárias, encruzilhadas de estradas, trilhas ou caminhos, rodeios abandonados... Rolam sete vezes pelo chão lampino, desnudo; sobem em cupinzeiros e uivam, se atiram, dão sete saltos, gemem; sete corrupios, esganiçam; sete cambalhotas. É a metamorfose a caminho, a transformação ocorrendo. Começam a usar os braços como patas dianteiras, a andar encurvados; adquirem uma protuberância nas faces, o maxilar se estica, os dentes aumentam de tamanho — também as orelhas —, e o corpo se enche de pelos. Depois da primeira transformação, aprendemos a tirar a roupa antes, guardar camisa e calça, sapatos, para quando desvirarmos e voltarmos a ser gente.

No meu caso, comecei a sentir-me estranho por várias luas cheias, mas a transformação não acontecia. Então, umas quatro ou cinco noites de lua plena depois dos sintomas terem iniciado, eu me transformei, em meu próprio quarto. Rasguei minhas roupas, sujei a cama e o piso, pois me urinei e caguei todo. Olhei minhas mãos, meu corpo e não acreditei! Estava um lobão, um cachorrão peludo! Um lobisomem. Uaúúúú...! Minha consciência e personalidade pareciam ainda existir, mas uma vontade louca de sair pela noite, um desejo de liberdade e felicidade tomou meus instintos — tornou-se meus instintos —, e pulei a janela de meu quarto, saí para o mundo, vagando por todos os lugares, bairros, chácaras e campos dos arredores da cidade. Os cães me latiam, se juntavam em matilhas ao meu redor, me seguiam rosnando e acuando. Atacaram-me muitas vezes, e aprendi a bater e judiar, mostrar quem mandava e quem era o maior... Uma esperteza de sentidos, olfato e audição, logo modificou meus atos — eu não era mais gente, só gente, era um lobisomem, podia cheirar e ouvir com uma capacidade muito maior e usava isso para fugir e não ser visto, pois havia uma tristeza e uma culpa no meu íntimo para que ninguém, nenhum humano me avistasse, me encontrasse. Muito menos me descobrisse.

Da primeira vez, quase fui pego e descoberto, mas consegui fugir e me esgueirar, desaparecer na escuridão dos olhos e das armas dos humanos — e de seus cachorros. Quando a madrugada ia se acabando, voltei esbaforido para casa, cansado, ofegante, sentindo os sintomas da metamorfose inversa. Desvirei no terreiro do quintal de casa. Acordei tonto, zonzo, cheio de arranhões e fedendo como um cão. Pulei a janela do quarto e vi o estrago que eu mesmo havia feito. Limpei tudo, ajeitei tudo, tomei banho e descansei um pouco antes de ir trabalhar. O trabalho era tudo o que me restava em vida, o último fio de decência e dignidade, e eu, que já gostava do que fazia — catalogar e ajeitar um arsenal de peças de carros, motos e demais veículos automotores —, passei a fazer com mais esmero, afinco e dedicação, para esconder meu segredo e serenar minha mágoa, meu trauma de haver sido traído, desprezado e abandonado por minha mulher e meu irmão.

Eu sei que foi isso que acabou por me tornar lobisomem. Foi um fato que revolveu tudo o que eu tinha de crença, de valor, de sentimento em minha personalidade, de como era minha vida, como eu vivia e, depois, todas as humilhações, angústia e desengano que tomaram conta de mim. Vou relembrar por cima, pois não gosto mais de sofrer e repisar todo o ocorrido. Eu fui casado com a Y — não quero dizer nem escrever o nome dela e do puto dela — durante uns sete anos. Vivíamos bem, na cama, mesa e banho; havíamos tido dois filhos. Eu trabalhava no comércio de autopeças, e ela cuidava da casa e dos filhos, vendia cosméticos e esses produtos de catálogo que vêm pelo correio. Em alguns fins de semana, eu ficava longe de casa, ia pescar ou caçar, jogar futebol em partidas do torneio intermunicipal. Ela não gostava disso no começo, mas depois passou a não ligar e — agora sei — até a perguntar e comentar com tranquilidade quando eu ia e se ia. Bom, encurtando a história, numa dessas viagens para jogar bola, eu voltei para casa e não havia ninguém. Havia um bilhete, dois bilhetes. Um dela, dizendo que fora viver outra vida, que se possível eu a perdoasse e que a deixasse criar nossos filhos. O outro dele, do Z, meu irmão, que dizia ter caído de amores e paixão pela Y, que iria cuidar e educar os sobrinhos como filhos — com amor e zelo — e, ainda, que seria sempre meu irmão, apesar de tudo; que eu poderia nunca o perdoar, mas que tivesse sempre compaixão e dó dele por ter feito o que fez.

Sentei na cadeira da cozinha tremendo e soluçando, não conseguia chorar nem nada, um cansaço, uma zonzeira, uma raiva de tudo, deles e de mim; uma espécie de nojo da vida foi o que senti.

E pus-me a recordar as coisas, os acontecidos, as falas e risinhos dos conhecidos, os comentários, as conversas — tudo passou a fazer sentido, a adquirir significados que eu não tinha visto, não tinha conseguido ver. Os momentos felizes que tivemos agora me enojavam, me agrediam; os gestos de afeto, de carinho, o sorriso dos meninos, seus primeiros passinhos, as palavras, brincadeiras — tudo isso me doía como uma bofetada, porque eu tinha sido infantil e descuidado, bobão. Aos amigos mais próximos cheguei a falar mal e agredir, depois me desculpei, eles até tentaram me alertar, eu é que num tive tino para captar a barbaridade que estava acontecendo em minha vida... Mal levantei e nem sacudi a poeira, me arrastei pelos dias e fui seguindo, vivendo, do trabalho para casa e dela pro trabalho. Pescar, caçar e jogar bola ficou impossível, muito complicado, me lembrava demais do meu fracasso. Também não saía para beber e conversar: faltava vontade e sobrava vergonha. Bebia em casa, mas não muito, não a ponto de me tornar um ébrio. Passei a escutar músicas e assistir a filmes. E rebusquei os velhos vinis de papai para resgatar as árias de ópera mais tristes e belas — as que papai mais ouvia e gostava; e só então tudo aquilo passou a fazer sentido e avivar meu gosto, a encher meus ouvidos de prazer e a explicar-me sobre a vida e as emoções humanas. O sofrimento de Don José, em *Carmem*, era também meu. As vozes de Plácido, Luciano, Carreras... Os mais antigos: Caruso e Belarmino; as madonas do *bel canto* rasgavam meu coração de macho traído e abandonado, sendo La Callas meu torturador mais adorado. Várias vezes coloquei o disco antes de fugir de casa para me transformar, *Adio del Passato* ficava soando alto, enquanto eu ia seguindo até um dos meus locais de penitência e castigo. Sim, pois, depois da primeira vez, percebi que era muito arriscado fazer isso em casa, não tanto pelo virar, mas mais e muito pelo desvirar — algo em mim dizia que eu não deveria regressar e entrar em casa lobisomem: podia ser visto pelos vizinhos, assustar um que vai passando, um conhecido, e mesmo ser morto ou espancado por um deles. É assustador saber-se lobisomem.

Minha dor e meu sofrimento não diminuíram logo, e eu seguia escutando árias de óperas e bebendo, também passei a fumar marijuana; foi um amigo que sugeriu da primeira vez, depois eu mesmo dei um jeito de conseguir, nada tanto assim, pouco difícil. Mas meu penar e aborrecimento não se nutriam só do *bel canto*: recorri agradecido às músicas de puteiro, às canções de dor de cotovelo e dor de corno. Todos os versos de "As Paredes Azuis" soavam como meu hino favorito ("aqui todas paredes são azuis... tudo ainda está do mesmo jeito... apenas seu amor, que hoje é menos..."); "De Igual Pra Igual", uma espécie de resumo teórico de meus sentimentos ("você mentiu... quando jurava para mim fidelidade, fui apenas um escravo da maldade, você quis, você lutou e conseguiu..."); "24 Horas de Amor" cantava minha saudade, as recordações do meu passado feliz em meus momentos de ouro ("e de repente vi você sair com a toalha enrolada no seu corpo, e se abraçar em mim, como nos belos tempos de amor tão louco...!"). "Blusa Vermelha" contava minha memória, meus primeiros dias de abandono e quando eu mesmo retirei as últimas e poucas roupas dela que ficaram e coloquei no fundo de uma gaveta esquecida ("vejo a blusa vermelha que você deixou... aí então o desespero rouba minha calma, eu saio pra rua e até minha alma chora baixinho ao sentir minha dor...").

Já as roupinhas de meus guris doeram mais, muito mais, e eu as guardei junto na mesma gaveta. Sempre que ouço "Devolva a Passagem", é impossível não relembrar aqueles dias e pensar nela e nos meninos. Um pedaço de mim fala — "por favor, não vá!". "Telefone Mudo" também é meio um hino — mais um — feito para mim, explicando meus ressentimentos. Quantas horas olhei para o telefone pensando que ele ia tocar, que ela ia me chamar... dizer que queria voltar...? Essas e tantas outras modas sertanejas dor de corno foram durante muitas vezes a trilha sonora de meus sábados e domingos vazios, solitários, bebericando uma branquinha devagar, um golinho pra cada música, dois quando eu repetia a canção... ou um fundo-seco! Hoje já não faço mais isso, me deu uma baita saudade...

Quase um ano depois que fui abandonado, foi que voltei a transar com uma mulher, era uma moreninha bonita, faceirinha, que vinha faxinar a casa e lavar minha roupa. Fazíamos um sexo até bom, só que rotineiro, com alguma pimenta, mas sem nenhuma paixão, menos ainda de minha parte. A Nica tampouco, ela deu por pena de mim, pura dó. Quando ela foi embora, outra veio ocupar seu lugar e suas obrigações — a Cota —, esta fez comigo só por causa de minha sina, meu destino de ter sido corneado; e depois mais outra, a Nalda, que deu para mim excitada com o abandono de minha solidão; pelo sentimento de ter um homem só dela, que nenhuma mulher ia querer... Foi durante a segunda empregada que minha maldição aumentou. Eu já estava bem acostumado, quase craque na arte de seguir na vida e virar lobisomem a cada lua cheia ou quase, pois, se chove muito, chuva pesada e noites nubladas, os formigamentos não aparecem, nem os calafrios e as tonteiras — só uns arrepios de leve, bem leves...

Então, que numa dessas noites de transformação plena e total, de andar e andar e andar, cheirando e ouvindo tudo, os cachorros pouco me latiam, muitos nem me notavam, e havia muitos deles vagando pela noite. Percebi o motivo e cheguei mordendo e rosnando, batendo nos guaipecas e nos grandões, tudo para ter só para mim a cadelona pastor que estava no cio (na verdade, eu cheirei o motivo). Copulei com ela várias vezes naquela noite antes que a hora da metamorfose chegasse. Minha crise de remorsos ao virar gente foi intensa, quase maior que a dor de ser traído pela mulher e pelo próprio irmão e abandonado. Decidi parar com aquilo.

Só que, na outra lua cheia, mais uma cadelona gostosa e receptiva estava no meu caminho, e peguei uma buldogona bem forte. Depois uma perdigueira, uma labradora, fui repassando puras, cruzadas e vira-latas, mas elas tinham que ser grandes, bem grandonas, para me aguentarem e eu conseguir penetrar. Esse hábito do lobisomem veio ajudar no meu consolo, minha saudade, minhas dores, o sentimento de fracasso e abandono diminuíam... Ficava o remorso de haver fornicado com cadelas cada vez que eu virava/desvirava lobisomem, mas depois mesmo isso diminuiu, e eu pensava que num estava matando nem roubando ninguém, que outros homens também haviam feito isso e nem estavam lobisomem. A culpa existia no homem, a vontade no lobisomem. E ele aprendeu que não é toda lua cheia que tem cachorra querendo fornicar, que o cio delas ocorre mais ou menos sazonal, de três em três meses. Uma vantagem eu tive nessa parada, nenhuma cadela foi cachorra comigo, eu ganhava e levava sempre, batia e expulsava todo cachorrão que queria me tomar a fêmea. Levei mordida em briga e mordida de rejeição, nas pernas e braços era fácil disfarçar; na cara, não — eu inventava umas desculpas bem esfarrapadas... Afinal? Quem nunca foi mordido, arranhado, lanhado na cara por cachorro ou galho com espinhos, arame farpado! Quem? Quase todo mundo... Também fui mordido quando ia acariciar as cadelas e elas — claro — não compreendiam aquilo, me mordendo e unhando. Eu lobisomem quis rir e piorei as coisas, pois os dentes de um lobisomem sorrindo são ameaçadores demais, e elas se afastavam, corriam, dando mais trabalho e tempo para que me aceitassem.

Como gostamos de lugares ermos e desertos para nos transformar, procuramos muito cemitério. Eu fui muitas vezes, mas, em algumas ocasiões, encontrava gente fazendo trabalho e despacho, magia negra, quase sempre pra desfazer casamento, recuperar amantes, maridos, essas coisas. Isso me enraivecia, e eu rosnava e grunhia, me mostrava para aqueles merdas, e eles saíam a toda, gritando e correndo mais que o Ben Johnson dopado; que gentinha malvada e ignorante, querendo recuperar marido/homem na base do despacho — atenção, gentileza, carinho... isso elas esquecem. Bem, inteligência e bom senso num devem ser o forte daquelas dondocas, peruas mal-amadas e dispensadas. E espertalhão, rezadeira ladina, macumbeira viva num há de faltar para tirar o dinheiro dessas burraldas. De uma feita encontrei um pai de santo todo trajado sobre um ponto feito, não muito longe do Cruzeiro, dilacerando um coelhinho que gritava esganiçado sua dor lancinante. Fui atraído pelo cheiro do sangue e pulei no homem, ele me enfrentou possuído que estava, olhei dentro do olho da entidade — forte e brutal como eu —, dei uma estaqueada, sondei a situação e ataquei; o cheiro do sangue e a carne do animalzinho foram meu troféu. O indivíduo saiu corrido, lanhado e rasgado nas roupas, arranhado nos braços; as miçangas dos colares se espalharam pelo chão dos defuntos. Abocanhei o coelho e sumi na escuridão...

Lobisomem misógino eu não sou, mas é que sei muito de cemitério, vi muito essa gente lá, e era quase tudo mulher — uns tantos xibungos —, todas elas descartadas, relegadas... Se descobrissem quem sou e viessem ter comigo, saberiam que nada daquilo funciona, acordariam pra realidade, teriam pena de mim e descobririam que o problema delas é um nada, não existe, elas não sabem é virar a página, partir para outra...

Eu estou também numa encruzilhada dessas (encruzilhada é comigo mesmo), com a pulga atrás da orelha, com dúvidas e ansiedades. Preciso decidir e fazer algo para resolver e acabar com minha maldição, meu martírio. Minha atual empregada é uma feiticeira "das fortes" e falou comigo que lobisomem só desvira com três simpatias: alguém conhecido e de coragem segue o bicho e faz um trato com ele pedindo que venha buscar o sal para o almoço do dia seguinte — no outro dia a gente vai e pega o punhado de sal e passa a usar na comida, o feitiço acaba. O problema é que o homem que vira lobisomem, se desmascarado, garra raiva e ódio da pessoa do sal e tenta matá-la até que o sal acabe (por isso o punhado de sal tem que ser bem pouco); a segunda é ser seguido também por um corajoso que, após a metamorfose, se aproxime do lobisomem e dê uma surra de taquara até o bicho fugir — dizem que desvira e nunca mais volta à maldição, mas, se o lobisomem morder ou arranhar a pessoa, ela fica amaldiçoada; a terceira é um amigo bom de tiro acertar o bicho com bala cruzada, benzida; ferido, o lobisomem desvira no ato pra nunca mais virar, mas a bala cruzada se parte em quatro e pode atingir um órgão vital, uma artéria ou veia importante e matar o infeliz. Se isso acontecer, o assassino pode vir a virar lobisomem de tanto remorso. Dona Bruxa conversa cifrado e por alto comigo, num me afronta nem desdenha da minha condição, nem força barra ou pede prazo, mas eu tô dividido nessa hora, sem vontade e duvidando da razão. Tenho que escolher uma delas. Na primeira, a própria dona Bruxa pode me dar o sal, é menos gente envolvida, ela mesma vai cozinhar para eu comer, mas não vai poder ficar sozinha nem nesse pequeno espaço de tempo. Na segunda, penso que vai ser difícil encontrar um cara forte e ágil para me lanhar de tanta taquarada... Sem falar na coragem! E na terceira, tenho medo de morrer, de ficar aleijado. Sabe lá o que é um cara ver e mirar num lobisomem e se lembrar de que tem que acertar o tiro num local só pra ferir e não matar?! Ahn? Você topa?

Nananinanão! Estou velho, lobisomem, mas não besta, otário... Quero seguir vivendo, procurar meus filhos, saber como estão, o que fazem, como cresceram e ficaram meus guris! Essas coisas eu penso demais... Sei que casaram e já tenho netos. Até minha ex e meu irmão — encarar Y e Z —, falar com eles, cumprimentá-los... Seria uma vitória e tanto!

Mas o fato de saber-me não mais lobisomem... Estou pensando, pensando, pensando... Como estou envelhecendo, vou escolher uma das opções, e que tudo corra bem, que seja um sucesso — se ainda fosse jovem, eu seguiria virando lobisomem só para continuar amiúde pegando minhas cadelas.

O marajá da fronteira

Um Karaí fronteiriço andava desacorçoado da vida, abatido, tristonho, com o coração batendo por mulher que mora longe e as premissas religiosas em sérios questionamentos, quase descambando na descrença, no ateísmo. Essas angústias em nada tinham a ver com o sucesso profissional que galgava a olhos vistos: fazenda administrada com esmero; gado de courama solta; bezerrada precoce, sadia; pastaria sendo formada; escritório de advocacia decolando, com clientela dia inteiro e secretária prestimosa, dinâmica, educadinha. Mais um cargo na prefeitura municipal, auxiliando o prefeito na luta para induzir o município ao progresso, ao sucesso, ao desenvolvimento.

Nada disso aliviava o nervosismo do Karaí da fronteira. Vivia resmungando e atacando os dogmas e postulados cristãos, o ranço conservador e sacrificial da moral *cristiana*; o elitismo filosófico genocida das crenças monoteístas. O preconceito, o desprezo, a desconsideração — muitas vezes apoiados na ignorância, no não saber — do poder dominante junto aos credos minoritários, étnicos, permitidos e legalizados, mas relegados à gaveta das superstições.

Então que chegou à cidade um circo grande, que desfilou pelas ruas com todo o aparato de espetáculo que possuía: animais dos cinco cantos do globo, trapezistas que levitavam, mágicos que sumiam da rua e surgiam dentro da vitrine das lojas, contorcionistas que imitavam o orobolo, domadores dotados do poder da hipnose, equilibristas que sabiam até as lições mais recônditas da matéria quântica! Foi um divisor de águas, linha seca do destino — também — para o Karaí fronteiriço e entristecido. O Circo Vostok ou Garcia ou Moscou ou Robatini (ou sei lá qual era o nome) desfilou por todas as ruas periféricas da cidadezinha com sua trupe circense. Encantou tribunos, plebeus, clientes, nobres e — claro — plebeus que pensavam ser nobres; pobres com empáfia de rico; rico com pose de semideus; cornos mansos; biscates contumazes; celibatários arrebatados de sua secura e seu complexo de gás nobre (aqueles cujos sítios estão na fileira vertical à direita da tabela mendeleévica, periódica); onanistas que até abandonaram função vitalícia!

Eu mesmo, guardando luto por morte recente, sentida e dolorida, de um querido tio, abandonei a morumba, a melancolia, e me pus a bater palmas e a cantar aquelas canções planetárias que a banda do circo executava para que todo aquele séquito da alegria de viver, da perícia e habilidades humanas multirracial, mescla de latitudes, longitudes e idiomas, fizesse o espetáculo! Fui palhaço imortal por uma tarde de sol. Nunca mais fui certo nem tive licença para errar... Saí de bicicleta atrás da festa, compondo um pelotão anárquico de caras, idades e feições que tingiam a fronteira como uma chuva de confetes das mais infinitas cores da felicidade artística. O apocalipse havia se instalado entre nós. A vida fervia! A vida seguia! A vida, afinal, é bela.

O advogado da fronteira fez amizade com o dono do circo. Palestrou sobre a origem dos animais, o modo como eram treinados; sobre a agonia do circo, os custos cada vez mais altos; o preço pra se continuar existindo... Ficou encantado com a aliá Astrid e sua parceira Bertha. Ficou sabendo que comiam demais, que já eram velhotas proboscídeas de 40 anos, que haviam sido compradas de um circo de Norte América e por lá, mas não no circo, tinham sido treinadas por um alemão e só falavam neste idioma. Para aliviar as contas a pagar do dono do circo, comprou a velha elefanta por valor equivalente a umas trinta novilhas, então mercadoria em baixa, de preço exíguo, duas delas não compravam um tênis esportivo *high-tec* — sonho de desejo e objeto querido por onze de cada dez jovens ou crianças da fronteira, do mundo, naqueles dias. Vivíamos das consequências do afastamento do presidente caçador de marajás: inflação e desemprego de dois dígitos; mortalidade infantil alpinista;

furtos e homicídios aviadores; políticos interesseiros, eleitores desinteressados; fabricando carroças de poupanças confiscadas...

Instalou a elefanta no quintal da finca de sua mãe, uma chácara grandona, com extenso mangal, pequena área de capim, terreiro ancho que despendia uns dois dias para ser varrido bem limpo. Pretendia realizar um festival de cunho orientalista, iniciando sacerdotisas, diáconos e religiosos neófitos nas crenças e nos rituais hindus, resgatando, reacendendo os saberes odorados a incenso das religiões do subcontinente indiano que tanto ardor haviam provocado no mundo por conta do movimento hippie. A fronteira iria absorver o karma, aprender sobre Bhrama, Shiva, Vishnu e Ganesh; desvendar os véus da realidade, dicotomizar essência de aparência. Desfilar com a elefanta ao som de címbalos, cítaras, atabaques, clarins pelas ruas, agregando mais elementos exóticos à já tão misturada e eclética religiosidade das gentes fronteiriças. Um marajá desfilando pela fronteira...

O caminho do circo até a nova casa da aliá foi o arremedo de festival religioso que se conseguiu. Os guris seguiam admirados, boquiabertos, falando alto, perguntando impressionados por ver ali — frente a frente — um bichão de tamanho descomunal, o maior mamífero terrestre, saído enfim de seus livros didáticos de ciências, de seus álbuns de figurinhas, dos filmes na televisão. O domador-tratador pedia que não se aproximassem muito, falando em alemão com Astrid. Acomodaram-na no fundo do quintal, presa pelos pés a cabo de aço entre um pé de manga e um velho moirão de aroeira, esteio central de um antigo galpão dos tempos da Fazenda Jardim, da família Barbosa. Colocaram — à guisa de bebedouro — uma baita caixa-d'água de mil litros (logo se viu que isso era pouco mais que um copo; no máximo, uma jarra para o bicho). Emendaram três mangueiras para fazer vir água da torneira lá no jardim a fim de banhar a elefanta, fazer barreiro para ela se refrescar.

Por três dias, o tratador ia ver Astrid, ensinava ao Karaí fronteiriço como alimentá-la, como dar banho, as palavras de comando (na língua de Goethe): quieta, pare, para trás, para a direita, esquerda, deite, levante as patas dianteiras, plante bananeira... A multidão de guris e seus pais aplaudia, ria, comentava, vibrava — o paquiderme logo, logo tomaria o lugar dos cavalos e das vacas como bicho preferido aqui da fronteira... Quando elevou com a tromba a filhinha do tratador, vestida de bailarina, e a colocou sobre sua cabeçorra, foi o bicho mais amado e belo do mundo. Lá pelo quinto dia, o tratador não mais foi ver e ter com Astrid, ela ficou só, vagando no estreito trecho que o cabo de aço lhe permitia, comeu um pé de manga em dois dias, depois uma goiabeira, depois derrubou uma bocaiuva, então um cajueiro. O sol voltou a tocar o chão do quintal depois de anos de sombreamento. A criançada se desinteressou, saía da Escola Marc, passava, olhava e ia embora. Astrid seguiu esfomeada, quebrou os galhos da mangueira em que estava amarrada, começou a forcejar para derrubar a árvore quando sua tromba não mais alcançava os galhos. Aumentaram o trecho de quintal em que ela podia circular.

Então, a catástrofe se instalou. Sedenta e sem encontrar água em seu bebedouro, foi tentar derrubar o poste que sustentava a caixa-d'água da casa. A empregada viu e gritou; se esgoelou, mas Astrid não entendeu o português cheio de sotaque guarani de Cândida. Esta saiu de vassoura em punho, deu umas duas vassouradas tentando espantar a elefanta, que baliu pedindo água e assustou ainda mais Cândida — que bateu mais, até Astrid arrebatar com a tromba, como se fosse um fiapo, a vassoura das mãos de Cândida e levar à boca para mastigar com calma, cheia de parcimônia, o chumaço de guanxuma com cabo e tudo! Enquanto isso, Cândida arrumou a pituca, secou o suor da testa, do rosto, do pescoço; conferiu os brincos de lamparina chinesa nas orelhas e atinou de jogar água com a mangueira para afugentar Astrid. Percebeu assim que ela estava com sede, foi jogando água até chegar ao bebedouro da elefanta, que deixou enchendo.

Quando a patroa chegou em casa para almoçar, contou o acontecido, apavorada, gesticulando muito e sacudindo o corpanzil e os brincos. A elefanta deixou em definitivo de ser o bichinho de estimação preferido da dona da casa. O Karaí fronteiriço tratou com guri vizinho para não deixar faltar água para Astrid. Mesmo assim, a elefanta investiu sobre Cândida enquanto esta varria o terreiro, dessa vez com vassoura feita de gervão. Capturou a vassoura e comeu como se fosse palitinho. O marido da empregada abandonou a rede ou o bar e foi pedir para a patroa da mulher que sumisse com a elefanta, que ela estava marcando a Cândida, parecia implicar com paraguaia rechonchuda de brinco dourado.

A mãe do Karaí da fronteira — dona da casa, do quintal — deu um ultimato que ele pensava em não cumprir. Ou, antes, faria um desfile e tentaria achar outro lugar onde ficasse Astrid. Mais uns três dias, e a elefanta inventa de se coçar no poste com a fiação de energia que ia do motor até a casa. Arrebenta os fios que entram em curto, soltam faíscas e pega fogo no pedaço do telhado da casa do motor, que era coberta de capim-sapê, dos tempos em que aquilo era um rancho de galpão da peonada do seo Fábio Barbosa. O fogo queimou toda a coberta de capim, levantou labareda e fumaceiro alto, nem corpo de bombeiro se tinha naqueles idos. Cândida apagou o fogo com alguma ajuda e aumentou seus pesadelos: sonhava que era atropelada por uma manada de elefantes; quando se salvava, estava dentro de um rancho em chamas. O fogo andou chamuscando uma parte do madeirame que firmava as telhas de barro e as paredes de tábuas. Esse bicho já comeu nosso pomar e queimou o caramanchão, logo ele vai torrar a nossa casa — previu a dona do patrimônio avariado.

Astrid voltou em desfile para o circo, com a gurizada atrás, repetindo a festa. A patroa e a paraguaia sorrindo até acenaram para o cortejo, felizes e aliviadas. No trecho da Rua Paraná em que já se avistava o toldo da lona do circo, começou a balir em pleno contentamento. Bertha respondia, saudando a amiga de regresso; o urso urrava, rugiam os leões, e os cavalos eram só relinchos. A Vila

Angélica inteira saía de casa para ver Astrid passando. A entrada em dinheiro que já havia sido paga não precisou ser devolvida, o restante: não se falava mais nisso. Tudo quitado, dívida saldada. O Karaí até agradeceu ao dono do circo por receber a elefanta de volta. O festival multiétnico e religioso que pretendia fazer ficou na promessa, mas Astrid tornou-se uma espécie de "Ganesha" da fronteira com dois milagres santos. O primeiro foi do marido da Cândida, que se curou da bebida e da mania de bater na mulher, depois que foi reclamar com a patroa que a elefanta estava querendo matar a Cândida comendo suas vassouras de bamburro. O segundo foi o próprio Karaí fronteiriço, que sarou da paixonite pela mulher que morava longe e das preocupações esotéricas, embuchou e se casou com uma morena sua vizinha, guapa e bem faceira. Ainda hoje tem quem se lembre dos dias em que o Karaí foi um marajá da fronteira, que comprou a elefanta Astrid; hoje, ele e seus filhos criam pavão-real.

Caramba!

A madrugada ia clara e pela metade quando ele descia os primeiros metros do corte da estrada velha e regressava a Jardim. Fazia um luar muito branco, mas que de vez em quando era encoberto pelas nuvens compactas, feito imensos chumaços de algodão que deslizavam pelo azulão escuro do céu, lançando sombra e negror pela paisagem tão conhecida, de brilho tênue, ora sobre os telhados das casas que se viam da estrada funda do corte e lá ao longe o dorso recurvado dos pilares feito costelas de concreto da ponte velha; o murmúrio do milharal no fundo do vale tocado pela brisa que ia espreguiçando sobre os pendões ondulados transformando-os numa areia de deserto, deserto de espigas que se estendia vale abaixo até desaparecer no escuro da mata grande, beirando o rio, de árvores estacadas, impávidas, feito dinossauros antigos fossilizados, um semblante de serra cinzenta, de rochas quase pretas desgastadas pelo vento e pelas águas do sono eterno dos tempos.

Escutava seus passos pisarem o granulado sonoro dos pedriscos, das migalhas arenosas, do chiado reclamão das pedras menores sob o peso das botinas; distinguindo-se e mesclando-se ao queixume do vento resvalando pelo tecido largo da calça pantalona, como se fosse asas de morcegos ou as folhas duma bananeira indo e vindo no balançar suave e insistente da brisa que levava as nuvens e iluminava aqueles limbos de papelão, desprovidos no espaço dos tons de verde da clorofila, respirando no escuro noturno. Um farfalho.

Não tinha medo, mas dizia a si mesmo que usava da coragem dos homens solitários que regressam a casa depois de saciar o desejo do corpo nas reentrâncias das fêmeas que se entregam... E ele tinha feito isso: se entregado à mulher que o atraíra para a armadilha de sua casa e para a jaula temporária de seus odores, seu suor, para os claros/escuros do corpo desvelado de beleza nua, os cabelos negros, o pescoço moreno, os seios claros, as ancas feito alforjes de viajante que ele pegava nas mãos iniciando seu viajar... O gemido de gata, as fragrâncias de sabonete e colônia, o lençol recendendo a ferro em brasa e erva, o distante cheiro de madeira dos móveis, o piso encerado de poucos dias evaporando debaixo da cama — que soltava estalidos no silêncio, quebrando-o de modo nítido para depois o trazer de volta, maior e mais alto, e eles se abraçando retendo o respirar cúmplice dos dois... Ela sabia ser safada, e é por isso que gostava dela, cada vez mais. Lá fora a casa adormecida, quieta, banhada pela luz da lua e pelo ventinho leve, personagens que sobrevoavam a cidade inteirinha, imóvel, secreta, parada no deserto das ruas, na cor pálida dos telhados, na sombra escura e alta da copa dos pés de manga, no chão vazio dos pátios e quintais que escondiam os cães enrodilhados; assim cruzou a cidade, que jazia ancorada no sono pesado da noite, noite em que os relógios ditam as horas mortas pelas quais ele seguia, orgulhoso de seus pecados.

Esses pensamentos lhe voavam pela cabeça quando a estrada subiu um pouco e endireitou no rumo da ponte velha, um pouco mais clara, menos invisível nas cores indistintas da noite, deitada debaixo das nuvens e do fundo do céu bem alto, estrelado; dormindo sobre o rio, espichada de uma margem a outra, parecendo coisa viva. Árvores altas e escuras fazendo contraste pra lá e pra cá da ponte refletindo a brancura da cal; a sombra dos arcos no vau ia pintando um trilho duma estrada de ferro gigante, larga, que sumia do outro lado, assim que o concreto mordia a estrada de terra com chão batido de cascalho que parecia um tapete de neblina. Luz e sombra, da ponte, das árvores, desenhadas pelo ir e vir das nuvens resvalando pelo céu, conduzidas pelo vento sob a lua. Ele ia faceiro.

Começou a atravessar a ponte olhando os arcos e o céu lá no alto. Depois mirou o rio que deslizava soturno, tapete bragado de escuros da nuvem e alvores da lua. Do outro lado, a forquilha imensa quando o Santo Antônio se entregava ao Miranda, faiscando, eram as pernas abertas duma mulherona imensa; os taquarais escuros, cinzentos, o entre-pernas, o buraco escuro, de madeira, as pernas que eram líquidas: abertas e estiradas. Putona fodedeira. Moveu os passos mais para o lado da ponte para conferir de perto a figura imaginada. Uma nuvem maior e mais pesada escureceu e apagou a visão do espetáculo. Rogou uma praga.

Já tinha saído da ponte quando viu parada na beira da estrada uma mulher. Era jovem, parecia triste. Viu que nem o olhava. Sentiu um arrepio gelado nascer nos tornozelos e lhe subir pelas pernas, juntar-se na pélvis e daí correr feito um raio até a nuca, descendo devagar, esquentando, para depois subir gelado e pinicando, novamente, do final da espinha até a nuca. Vou encarar, disse para si mesmo. A mulher ergueu um braço e acenou, fazendo gestos com a mão e o chamando. Ele foi. Ela esperou até ele chegar mais perto e virou-se de costas, caminhando devagar na direção da picada que ia dar no ranchinho dos bugres que ficava mais ao fundo, quase dentro da mata grande da beira do rio, à esquerda da reta vindo de Guia Lopes. Olhou sobre os ombros da mulher e viu que havia uma luz de lamparina ou de fogo aceso dentro do rancho.

Os dois foram dar numa espécie de varanda do rancho coberta de bacuri, e havia mesmo um fogãozinho aceso lá dentro. A cobertura era tão baixa que Lucho teve quase que se agachar para passar raspando na palhagem seca. A mulher disse que estava sozinha em casa, sua gente tinha ido pra cidade. Perguntou se ele queria uma pinguinha, ele acenou que sim, mas pediu um copo d'água antes. Ela trouxe-lhe numa caneca alouçada bem velha e avariada que encheu numa moringa suspensa numa tábua perto da parede de taquara batida; ele bebeu devagar, entre contrariado e um muito de desconfiança. Então pegou o copo com a marvada. Logo depois do segundo gole, tirou a camisa. Bebeu mais um e agarrou a mulher. Ela fingiu oferecer resistência o empurrando e dando tapas nos seus braços, arranhando seu tórax. Nessa hora viu que um dos seus olhos era baço, esbranquiçado, parecendo cego.

No entrevero, ele a juntou por trás, encostando-lhe no traseiro sua disposição inteira, bem dura. Ela pareceu ter gostado, pois levantou a saia do vestido. Ele a mordiscou no pescoço, nos ombros, enquanto desafivelava o cinto e abaixava a calça. Subiu de novo o vestido, e ela foi direcionando o encaixe enquanto subia de joelhos num jirau para gemerem feito cachorro... Depois, ele deitou estirado no jirau, e ela logo veio encantando a cobra que levantou para ela ir tocando até caldear o leite. Um carro passou veloz levantando poeira lá na reta. Depois outro. Lucho então pediu mais um traguito da pinga, ela lhe deu. Sentou-lhe no colo, e recomeçaram quentura. Ele então perdeu a noção do tempo, da hora, e diz que parece ter adormecido. Acordou sozinho, o tempo havia passado, pois a lua já ia descendo o céu pros lados de Jardim. Não havia lamparina acesa nem fogo, um pálido clarão da lua refletia no chão batido e iluminava de reflexo o interior do rancho. Tudo parecia abandonado, sem sinal de gente por muitos dias. O socó-boi cantou lá pros lados da corredeira. Um travo amargo de ressaca e gosto de pinga lhe resvalou da boca numa baba que lambrecou seu pescoço e o peito. Limpou com a costa mão e levou esta para esfregar na calça... Percebeu que estava sem calça, com as cuecas bem abaixo do joelho. A genitália frouxa dormia melecada de gosma, merda e sangue. Tudo o que falou que deve ter feito podemos imaginar... Lembrou-se da moringa e foi até ela se lavar, tinha água. Ergueu a cueca, enfiou as calças, as botinas. Lavou a cara para espantar o sono e a sensação de tonteira. Custou a encontrar onde deixara a camisa, não a vestiu, jogou nos ombros. Saiu do rancho meio zonzo ainda, trançando as pernas pelo terreiro diminuto e depois tastaveando no caminho estreito entre o mato que ia dar na estrada. Na vila Brejão os galos já cantavam, um cachorro latia sem parar. Foi andando e sentindo a consciência lhe voltar. O travo e a tonteira desaparecendo.

Mal tinha andado o suficiente para firmar a marcha, sentiu vontade de urinar. Esperou o mijo verter olhando para o chão de cascalho solto e areia da beira da estrada, depois para o horizonte, a silhueta dos matos, o céu de estrelas. Bocejou. Guardou o pau, riscou o zíper, trocou a camisa de ombro, se espreguiçou e cuspiu. Apressou o passo, sentiu mais arrepios gelados e depois a sensação de que acordava de um pesadelo. Pregou um grito, e outro, bem espichado — *a la* Lucho Balbuena. Como só um filho de paraguaio aqui nascido sabe dar. Ficou lúcido, esperto, cuspiu mais uma vez e gritou de novo, a cachorrada da Brejão acordou todinha e lhe respondeu. Foi andando em estado de alerta, eufórico, soltando mais gritos — só que não sabe ao certo o que lhe aconteceu...

Lembra da ponte velha, da estrada, dele saindo de Guia Lopes silenciosa e deserta, descendo o corte; do chão enluarado, do milharal, da lua clara deslizando entre as nuvens, do rio feito um espelho de prata e um tapete escuro. Mais ou menos de como apareceu a mulher e eles foram se enroscar lá no rancho... Então tudo é escuro, num sabe de nada. Acordou bêbado e lambrecado. A casa vazia, abandonada, tapera. A mulher desaparecida... Ela era até bem bonitinha, mentiu.

Que baile!

Resolvi ir a pé e sozinho de Jardim até Guia Lopes pela estrada velha, assim que o baile perdeu a graça: tinham levado minha namorada... Por certo, nem namorando a gente estava, ainda, pois tínhamos nos encontrado e conversado naquela noite, dançando muito — todos os boleros *a la* Ray Coniff, mais as baladas xaroposas cantadas em inglês que a banda executava muito bem. Eu tinha ido de carona com meu primo, e ele havia sumido com a namorada dele, foram se pegar lá pelas bandas da Praia Marly, ou para os lados do Cemitério dos Heróis. Nem era tão tarde quando os pais da Cilene a resgataram dos meus braços — pelo menos tiveram a gentileza de esperar o intervalo entre as seleções —, e então o baile perdeu a graça, não quis conversar com ninguém, meu primo não havia voltado, e decidi não esperar.

A estrada não estava tão escura, fazia um luar até bonito, meio encoberto pelas nuvens altas, dava um tom leitoso ao céu e um ar de mistério, de preguiça, para a madrugada que ia já mais para o fim... A claridade era pouca, mas dava pra ver bem assim de perto e os vultos lá ao longe. Nada que um rapaz jovem, fazendo faculdade fora do estado — e que havia reencontrado um novo amor para cicatrizar o coração ferido pela proibição peremptória de meus pais de que eu me juntasse a um amor de infância, uma mulher que havia se casado muito jovem com outro, mas agora estava separada, pois o casamento não tinha dado certo —, não pudesse enfrentar para provar sua coragem e pensar nas amarguras do coração. Papai e mamãe se horrorizaram quando externei meu interesse. Arrazoaram, justificaram e pediram para que eu tirasse a ideia da cabeça e o cavalinho da chuva. Imagine! Unir-se com uma mulher separada, que recém-terminara o casamento, sabe Deus lá por quê! Naqueles idos, meados dos anos 1970, nestas terras fronteiriças, arcaicas, mulheres separadas eram invariavelmente putas, vadias... e, aos homens "espertos", gostar delas, querer tê-las como companheira, estava fora de cogitação... Eram materiais para o prazer, a cama, os relacionamentos em segredo, fora dos olhares enxeridos, mexeriqueiros e invejosos das pessoas — as matronas corocas e infelizes, fofoqueiras, em especial... Minha companheira de baile era uma nova possibilidade, moça direita e bem-criada, de família, estudiosa, e com quem logo meus pais iriam fazer questão de que eu namorasse sério. Com vistas a um futuro casamento, tão logo a gente se formasse.

Pensando nisso eu ia pela estrada velha deserta, abandonada, vazia até mesmo dos fantasmas que diziam ter aos montes por ali. O prédio alto, comprido, quase imponente, da CER-3, na penumbra, refletindo suas paredes branco-azuladas lá em cima, no alto, por detrás dos postes de cimento da cerca, branquelos, parecendo sentinelas. Os eucaliptos muito grandes, sonolentos, recendiam seu cheiro característico, cujo chiado do vento leve nas suas folhas me lembrava o ressonar de monstros velhos, antigos, que tinham vindo morar aqui. Uma vaca de cria nova berrou chamando o bezerrinho, que respondeu lá na chácara do sargento Antônio, que ficava na vila Brejão, coisa de quase um quilômetro mais pra baixo, à minha esquerda. Eu podia ver o vulto do telhado da casa, escuro, tendo à frente a rua cascalhada, o banhado, os pés de bocaiuva, de leiteiro, de louro-branco, tudo refletindo o luar prateado, meio baço.

Segui pela estrada pensando no baile, em Cilene, nas músicas e também na minha faculdade; nos amigos que por lá ficaram, nos professores, do mais chato até o mais inteligente, mais amado e querido, respeitado por toda a turma. A curva em descida já tinha ficado para trás, com a moita de mato grande bem à beira da estrada. Olhei de novo os eucaliptos ao longe, o prédio da CER-3 já quase invisível recoberto pela moita, a estrada vazia parecendo mais clara e branca do que quando tinha passado por ela. Fui andando, tentando não fazer barulho ao pisar nas pedras, no cascalho, não encher de areia meus sapatos sempre que pisava nos bancos de areia que as enxurradas deixavam na beira da estrada — para isso tive até que me mudar e ir caminhando mais pro meio da estrada. À minha direita, o capinzal de brejo, depois um araçazal, os contornos do mandacaru apareceram recortados contra o céu pros lados do Sul. O que o fazia semelhante àquele candelabro antigo, parecendo um símbolo judaico nascido nos matos da fronteira. Mundo louco.

A linha de bocaiuvas acompanhava a estrada, me mostrando a sombra de seus penachos de índios gigantes, o reflexo das folhas, a linha de contorno dos cachos pendurados feito brincos, o pendão das flores claras, leitosas, pois a luz pouca não era tanto pra revelar o amarelo delas; o brilho de seus troncos bem cilíndricos que, conforme refletiam a luz, davam a entender que tinham sido encerados; depois escureciam, cinzentos, negros, enfileirados à beira do caminho... A vaca mugiu de novo. Um guaipeca metido a valente se pôs a latir, como que me avisando que tinha descoberto minha presença. O ventinho da madrugada soprava fazendo zumbir as folhas das bocaiuvas, e o cheiro agora era do assa-peixe enchendo o ar da baixada no rumo da ponte velha.

Pensei em mim de novo, procurando descobrir um jeito de ficar com a mulher que eu mais queria, que eu mais desejava. Que diferença fazia se ela já tinha sido casada? O que o povo tinha a ver com a gente, com nossa vida, se eu e ela decidíssemos ficar juntos? As exigências de meus pais eram demais, muito grandes, eles eram uns chatos, cafonas, cheios de normas e leis, com uma mania sem graça de viver dando satisfação aos outros... Do lado oposto da estrada, avistei a casa adormecida do pai dela. Casa nova, de madeira, bem caprichada, pintada de azul-claro, dava quase para distinguir a cor mesmo com a luz pouca da lua. A camionete estacionada em frente, do lado de fora da cerca baixa, de balaústres. Fazia uns três anos que o pai dela tinha essa amante, estava morando com ela, a separação da madrinha do meu irmão tinha saído há pouco mais de ano.

Recordei a cara das pessoas no baile, olhando, enquanto eu dançava com a Cilene. Algumas pareciam admiradas, surpresas verdadeiramente; outras, só curiosas. A maioria delas falava e comentava a vida de outras pessoas, quem estava de amante nova, qual garota tinha ficado e dado pra quem; o filho ou filha de quem estava agora fumando maconha... Quem iria se casar grávida! — esse era um tema sempre cogitado, muito popular.

A ponte já estava quase ao alcance da minha visão, por enquanto um vulto meio indefinível lá em frente, na reta. O pé de angico-bravo de vigia; olhei para ele querendo avistar as sementinhas voadoras, o chumaço delas lá no alto. Mais um tanto e já era o portão de entrada para o rio, a corredeira, o poço da figueira. O capão de mato grande era escuro, bem quieto, com o cheiro das folhas apodrecendo misturado com o dos marmelos madurando. Conferi bem o risco sem mato da estradinha que entrava para o ranchinho de sapé que era a casa dos bugres e ficava já bem no costado da mata alta, mata de beira do rio. Nessa altura, eu já podia ver o esqueleto de concreto da ponte, seus arcos, a silhueta do pé de figueira-brava encostado neles, mas já do outro lado do rio, beirando o Santo Antônio — e os pescadores usavam as frutinhas como isca. Escutei meus passos no cascalho duro do chão...

A estrada estava meio abandonada desde que fizeram a ponte nova e a outra estrada, fazia uns quatro anos, mas ainda era muito utilizada. Carroceiros, gente de bicicleta, gente a pé, como eu, preferia ir ou vir pela estrada da ponte velha, era um pouco mais perto. Avistei por sobre o parapeito da ponte, antes do concreto iniciar a subida dos arcos, o leito silencioso do rio Santo Antônio, prateado, descendo preguiçoso suas águas nas do Miranda. Depois a forquilha entre os dois rios, as moitas de taquaras gigantes; o poço de mais de seis metros de fundura, onde muito valente saltava lá de cima do arco da ponte, os mais corajosos e ágeis, de ponta. O rio parecia descer devagar, escorrendo lento, leitoso, entre o escuro do mato das margens... Meus passos soavam fundos e faziam eco nos pilares da ponte. Gritei. O som ribombou no cimento, tremeu e voltou aos meus ouvidos lá dos lados de Guia Lopes: ou, ou, ou... — ô, ô, ô.

Saindo da ponte velha, a estrada me pareceu mais clara, como se o céu tivesse clareado um pouco as nuvens. O reflexo do luar batia no zinco dos telhados da Luso Comercial e inundava o vale todo. Eu podia ver a estrada, o trecho de encruzilhada onde os ciganos uma vez armaram seu acampamento, as máquinas de bombear combustível, velhas ruínas, ao fundo, beirando a cerca e o brejo onde a canafístula gigante estava florida, quase distinguindo seus cachos de flores amarelas. O zinco do telhado refulgia prateado, parecendo uma nave espacial imensa que lançava sua luz de aço querendo decolar.

Foi aí que olhei e vi aquela mulher, em pé, sorrindo-me, parada na beira da estrada. Quando cheguei mais perto, ela se moveu em minha direção — eu diminuí os passos de medo, senti meu corpo ser percorrido por um arrepio e um gelo frio de suor... Tenho certeza de que ela me cumprimentou, deu-me boa noite, e eu respondi. Então caiu um silêncio constrangedor entre nós, ela perguntou se podia me acompanhar até a cidade e para onde eu ia. Sim, pode, claro, e disse-lhe que ia para a casa de meus pais... Vi que ela parecia uma cigana, ao menos estava vestida como tal, as saias longas, os cabelos negros em trança, um lenço pequeno na cabeça, brincos, colares; movia os braços segurando um xale que lhe cobria os ombros; nos pulsos tilintavam inúmeras pulseiras.

Olhei-a de soslaio, e ela seguia caminhando ao meu lado. Então me assustei, pois mal voltei a olhar pra frente e lá estava ela, sorrindo e acenando a uns dez metros de distância, de novo na beira da estrada. Olhei de novo, e ela seguia ali, caminhando comigo. Perguntei-lhe se estava sozinha, e ela respondeu que sim, que seus patrícios estavam todos dormindo. Tentei disfarçar meu medo e o arrepio gelado que percorria meu corpo inteiro, os cabelos de minha nuca se eriçaram e parecia que iam pegar fogo! Quando passei da encruzilhada e podia ver muito melhor a canafístula florida mais o telhado da Luso Comercial, percebi que a mulher tinha sumido. Fiz o sinal da cruz e fui rezando a Ave-Maria. Outra mulher então apareceu, triste, solitária, segurava nos braços algo indefinível — uma criança ou um pacote —, não tinha o lenço na cabeça, nem as saias rodadas com motivos florais, nem o xale. Era mais parecida com um fantasma, embrulhada num pano branco, claro, sei lá que cor, e ela foi caminhando pela beira da estrada enquanto eu ia quase no meio...

Assim como me veio o medo, ele passou; senti uma tristeza muito grande, uma pena, uma vontade de poder saber o que ela tinha, se estava precisando de algo. Perguntei em pensamento a Deus se eu podia ajudar aquela mulher. Escutei seus passos e o ruído de choro, de gemidos de dor... Já tinha deixado a encruzilhada e estava além da árvore florida, e a mulher ia sempre me acompanhando, chorando baixinho. Senti um desejo de olhar para trás, e me virei. Lá ao longe, iluminada num facho de luz, a cigana sorria e me acenava. Acelerei o passo. Não resisti e voltei a olhar de novo, ela estava lá, sorridente. Nisso, percebi que a mulher triste e chorona tinha sumido, não andava mais, não estava mais no lado da estrada, nem em outro lugar. Segui com meus passos apressados, respirei mais aliviado. Pensei que tanta gente tinha visto essas coisas ali na ponte velha, e elas não mentiam... Voltei a olhar a cigana, mas ela não apareceu lá atrás! Apareceu foi na frente, quase na subida do corte, rindo e abrindo os braços, esticando o xale e balançando as pulseiras. Passei por ela esperando que me dissesse algo, eu sentia vontade de escutar, de poder conversar e ouvir o que ela tinha a me dizer. Quase no final do corte, voltei a olhar para trás, ela estava ainda ali, iluminada, brilhando, fez-me um aceno que eu não soube se era me chamando ou dando adeus... Percorri a rua deserta, não fui pelas calçadas. Cheguei ofegante, procurando entrar rápido e não acordar ninguém com o barulho dos meus passos; Diana, nossa cadela, pareceu adivinhar, veio me receber abanando o rabo sem latidos. O manacá do jardim de minha mãe estava florido, recendendo àquele cheiro adocicado, parecia o perfume da cigana.

Custei a adormecer. Nunca mais pude esquecer isso.

O rapto da Sabina

Nem demorou muito para que todos ficassem sabendo que Sabina tinha sumido. A bugra cativa, pau pra toda obra da casa grande e matriarcal de dona Leonora, que poucas vezes foi pega na cama depois de alevantar o sol; que, aliás, diziam ser ela quem o chamava para clarear o dia. Pois bem, ela tinha sumido.

Não foi vista à beira do fogão avivando fogo, esquentando água para o mate e o café, cortando a carne para o carreteiro de quebra-torto. Corremos pro quarto lá dos fundos: a porta estava aberta, o quarto vazio, as coisas todas em seus lugares, só a cama desfeita, em desalinho, com sinais indicando que tinha saído às pressas. A bolsa dependurada num prego no listão da parede, as roupas de Sabina dentro da mala, bem limpas; sobre o baú com os lençóis, as colchas, os cobertores para os dias de frio — tudo cheirando levemente a cânfora.

O que tinha sido feito de Sabina? O que tinha acontecido? Onde teria se metido a índia guapa de dona Leonora? Será que tinha fugido, tinha encontrado enfim um namorado e dado no pé, ou os dois? Sim, porque Sabina era uma morena bonita, alta e carnuda, de escorridos cabelos negros, brilhosos como quê. Bailava bem. Sabia de um tudo das coisas de casa. Era até estranho que não tivesse arrumado namoro ou casório até hoje? Sim, porque ela já nem era tão nova, Sabina, nas idades, num era criança. Moça feita, beirando os vinte e cinco. De encalhada indo para solteirona, em nossa categoria classificatória tradicional da fronteira.

Nem lá pelo terreiro foi vista alimentando as galinhas e os porcos, sem alarido, tampouco ordenhando as vacas — já com um bom atraso, pois naquelas horas Sabina já teria tirado leite e pendurado o balde pra coalhar na ponta da viga da ramada. Já teria debulhado o milho para o corcel de seo Olímpio, varrido o terreiro da frente, da lateral e dos fundos da casa. Coado café, quentado o leite, assado pão e aprontado o carreteiro para depois fritar uns ovos.

Mamãe mandou chamar a afilhada Luísa para ajudá-la e também botou Madalena para arreglar os serviços. Dona Leonora, pois sim! Esta ficava só dando ordens e especificando detalhes para a filha e a afilhada. Quando eu ia rir e caçoar da mana Madalena, ela ralhou comigo e ordenou que fôssemos — Olegário e eu — dar parte na delegacia do sumiço de Sabina: afinal, vocês são os homens da casa enquanto seu pai não acorda... — avisou bem sargentona. Depois vocês voltam para tomar café e comer algum salgado para agradar a boca — determinou. Calçamos as botas, pegamos os chapéus e fomos. Soldados obedientes.

O delegado, doutor Antônio, bem menos sargento que mamãe, recebeu-nos ainda sonolento, cansado de uma diligência pras bandas do Boqueirão, onde tinha acontecido briga e tiroteio: um morto, dois feridos internados no Hospital Marechal Rondon, inaugurado de pouco. Escutou a fala do mano Olegário, perguntou daqui, dali, pediu que tentássemos lembrar algo estranho, alguma coisa fora do lugar, um fato novo que houvesse acontecido nos dias anteriores ao sumiço de Sabina. Foi conosco até a casa; entrou no quarto de Sabina... Olhou, olhou, avaliou... Pensou em ver rastros no quintal, mas Luísa já tinha varrido o terreiro e apagado as marcas. Conferiu a sola dos calçados de Sabina, perguntou se estava faltando algum. Mamãe lhe disse que até a alpercata de tira de couro que a bugra usava no dia a dia estava ali. É esta, mostrou.

O delegado foi embora depois de comer um prato de arroz carreteiro, com um pouco de farinha bem torrada, e tomar um cafezinho. Sentou-se à mesa de frente para mamãe, perto da cabeceira vazia — papai ainda não levantara. Seguiu conversando sobre Sabina enquanto comíamos, fazendo perguntas: se tinha parentes que moravam perto, de onde tinha vindo, se tinha brigado ou arranjado encrenca alguma vez... Imagine! Sabina era quase invisível, nunca brigava, mal saía de casa, só para a missa, para uma comprinha quando estávamos de viagem ou na fazenda; também ia aos bailes da barraquinha da paróquia ou do clube. Desconfiei de que Sabina tinha mesmo é fugido, o porquê eu não sabia, nem ideia tinha. Dona Leonora agora estava mais é com raiva do sumiço da Sabina, sua cara mostrava isso, as conversas e perguntas do delegado azedaram-lhe mais o fígado — destilaram o fel dela.

Sabina foi encontrada vagando abobada, bem zonza, perdida lá na estrada para o Cemitério dos Heróis, na beira de um mato grande, um capão com árvores altas, sombreado. Foi levada para o Hospital Rondon — os feridos do tiroteio no Boqueirão ainda estavam lá, no quarto ao lado — e examinada. O doutor disse que tinha marcas de arranhões nas costelas, na cintura e nas ancas; de mordidas, no pescoço e na nuca também — mas a morenice da pele de Sabina não deixava muito à mostra os sinais. Ela resmungava de dor quando tocada ou apalpada. Não conseguia falar nada, contar coisíssima nenhuma. Olhava-nos como se fôssemos gente estranha ou que nem estivéssemos ali com ela. O doutor falou a mim e ao Olegário — no reservado — que tinha sido deflorada, penetrada por um paisano meio xucro, sem muita paciência e com "verga de porte avantajado" — frisou. Olegário soltou uma risadinha, eu na hora disse pro doutor que ela então tinha sido raptada pelo Pai do Mato... Pois os homens do delegado tinham encontrado rastros dele lá pras bandas do Cemitério dos Heróis! Abelardo, — falou-me o doutor — você é um Barbosa supersticioso duma figa! Foi gente, foi homem!

Sabina ficou no hospital mais alguns dias e depois voltou para casa. Continuou a mesma trabalhadeira de sempre, guapa, ligeira, aviando de um tudo para todos nós. A Luísa parece ter tomado gosto pelo serviço que fez enquanto a bugra estava no hospital, e vinha ajudar Sabina todos os dias; mana Madalena, não. Só quando era mandada ou tinha algum interesse e precisava da companhia de Sabina pra ir passear, namorar... Aí então ela ajudava — para acabar o serviço logo e irem se luizar, bater perna. Nessas horas, Madalena era toda préstimos e adjutório com a Sabina: varria a casa, passava cera e esfregão, borrifava as roupas com água para Sabina passar, avivava brasa no fogão e ia revezando os ferros. Enquanto isso, a bugra só desamarrotava as anáguas, os saiões plissados e cheios de nervura de mamãe; deixava lisas as golas das camisas, os punhos, as gravatas, as bombachas de Dom Olímpio — pois papai só usava roupa cerimoniosa, bem engomada, reluzindo de branca. Os paletós dele quase saíam sozinhos do guarda-roupa, durinhos e empertigados de tanta goma, para irem ao bar, ao cinema ou flanar pela cidade, pelas casas de amigos, dos conhecidos, prosear. Gostava de jogar dados e cartas, mas tinha o bom senso de apostar pouco — quando apostava. A elegância de seus trajes, limpos e bem passados, era toda garantida pela Sabina.

Só eu percebi que Sabina não era a mesma depois do sumiço... Diminuiu a conversa, as perguntas; passou a ficar mais em casa enquanto íamos à missa; até as barraquinhas ela desdenhou... Em casa, se pouco conversava, fazia o serviço cantarolando as canções do rádio — quando dona Leonora ligava — ou as do alto-falante Petegenes, que se ouvia bem lá de casa desde que o vento não batesse tão forte no rumo do contra. Numa dessas noites de festa ou fim de semana, tive que voltar pra casa, pra trocar minha calça que estragara o fecho da braguilha. Estava um silêncio só, e vi Sabina saindo de mansinho pelos fundos, pegando o trilheirinho do quintal que desembocava lá na rua de trás. Uma curiosidade imensa me tomou, e resolvi segui-la. Ela foi num batidão ligeiro para os lados da fazenda Jardim, subiu a picada costeando um campo sujo e a cerca, dando na estrada que ia para o Cemitério dos Heróis. No escuro, embora a lua clareasse um pouco, ela seguia levando uma lanterna... Eu fui atrás daquela luzinha, tentando não chegar muito perto para não me delatar nem ficar muito longe a ponto de me perder, pois pouco se conseguia ver.

O que vi lá foi nosso segredo por algum tempo... Sabina se encontrava com o Pai do Mato; eu os vi fazendo amor feito dois bichos. Ele a tomava nos braços, mordiscava e lambia, ela segurava a cabeça e puxava os cabelos do bichão quando ele exagerava na dose — dava pra perceber. Faziam em pé, com ela enganchada nele, e também de joelhos, ele entrando por trás dela, de perna bem dobrada pra compensar a diferença de altura. Claro que estava meio escuro, mas eu conseguia divulgar bem o que estava acontecendo tanto pelo que via quanto pela experiência de já ter feito ou tentado daquele jeito. Hora e meia depois, ela se recompôs, vestiu-se, garrou a lanterna e veio em minha direção. Eu estava muito perto, quase distraído e sonolento, abestalhado, mas o tronco da árvore me salvou de ser visto. Também prendi a respiração. Ela passou, e saí atrás dela numa distância segura de não ser visto e me guiar pela lanterna. Gelei de medo várias vezes, mas nem olhei para trás pro caso de estar sendo seguido pelo Pai do Mato. Logo, as poucas luzes das casas da cidade me tranquilizaram de que o bicho tinha ficado por lá — bem satisfeito.

* * *

Quando Sabina falou para mamãe que ia embora, eu fiquei muito preocupado. Percebi que ela ia largar nossa casa, a vida em sociedade, para se enfurnar no mato por conta da paixão, da luxúria que andava fazendo com o pé de garrafa... Achei que o rapto de meses atrás a tinha transtornado das ideias. Como ela sabia que eu sabia — era o nosso segredo —, senti-me na obrigação de tentar salvá-la. Ela riu uma gargalhada sonora pelos meus receios, quase voltando a ser a velha Sabina de sempre — e me disse que não ia embora com o Pai do Mato, não dessa vez. Que devia muito de amor e carinho, de afeto, àquelas experiências de mulher-fêmea com o brutamonte... Mas não, o destino fora mais uma vez benfazejo e inesperado para ela, e lhe premiara com um homem de verdade, só que feio e selvagem como um Pai do Mato, mas que sabia amar, fazer feliz, a bugra Sabina. Fiquei entre curioso e encabulado.

Dessa vez, fui junto com ela até perto do mato — na verdade, um bom trecho a mais de onde eu a vira se resfolegar com o Pai do Mato —, então ela pediu que eu esperasse um pouco para depois segui-la. Fiz como ela pediu e dei surpreso num rancho beira-chão, e lá dentro uma lamparina acesa, tremulando o lume. Aproximei-me devagar, nenhum cachorro latiu, pisei leve e respirando compassado. Olhei pelo vão da parede de taquara. Lá estava Sabina com um homem, ainda sentados na tarimba, meio desnudos. Meu Deus! — quase gritei, na verdade, fiz isso em pensamento... Era o Gago, o primo Gago, um peão meio pancada, fanho, troca-letra, filho do tio Leontino (de quem saíram seus olhos azuis) com uma criada da vó Catarina! Romualdo Vegas Barbosa, conhecido por todos como Gago. Feioso, boca mole, cabelo de carapinha cor de fogo, tipo nego-aço. Vivia de um lado para outro, meio sem parada, sem pouso ou casa, ficava onde lhe davam serviço e comida; sumia e reaparecia de tempos em tempos. Era guapo, trabalhador, mas quando vinha pra cidade se perdia na pinga, a marvada tomava conta dele. Ficava semanas vagando de bar em bar, amanhecendo estirado, dormindo de boca aberta, babando o sono dos bêbados...

Parecia mesmo um Pai do Mato, só lhe faltavam o tamanho e os densos pelos. A verga inclusive chegava pelo meio das coxas, bem vi quando ele tirou as calças, segurou, deu umas tapinhas de baixo para cima e vice-versa, sacudindo feito uma gangorra. O troço levantou feito uma cobra encantada, e o tal Gago subiu em cima da tarimba e da Sabina. Olhei ainda aquela bunda branca subindo e descendo por entre os joelhos das pernas abertas da bugra Sabina. Daí, eu só escutei os arrulhos, os rosnados, os ganidos de cachorrinhos e o chiado das tiras de couro da cama. O resfolegar molhado das genitálias. Afastei-me da parede, já tinha visto demais... Achei um tamborete, sentei e acendi um cigarro, outro, outro... Esperei o primo Gago e a bugra Sabina terminarem a festa deles. Em volta do rancho, o barulho da noite: curiangos, corujas, grilos, o urutau; o pisca-pisca verde dos vaga-lumes... As mariposas batendo na brasa do cigarro, os mosquitos chiando nas minhas orelhas e me picando no pescoço, nos braços... Lá dentro, os ruídos deles estavam bem mais acesos que a lamparina.

Mesmo contra a vontade de mamãe, os conselhos e arrazoados para que não fosse embora, Sabina saiu de casa e foi morar com o primo Gago. Casariam de papel passado tempos depois. Viramos compadres, eu e minha mana Madalena batizamos o Abelzinho em casa, ainda no rancho dos lados do Cemitério dos Heróis. Gago foi nos buscar de carroça, havia ganhado uma do padrinho dele, e uma mula velha pra puxar a carroça do seo Basílio Bazzano, prefeito de Guia Lopes da Laguna naquele tempo. Seo Olímpio e dona Leonora ficaram de batizar o guri na igreja, o que nunca aconteceu. Fiquei sem saber um tempo o verdadeiro motivo de Sabina ter ido embora morar em um rancho coberto de palha, de chão batido, parede de taipa e, às vezes, nem isso. Buscando água em córrego, em cacimba, puxando de balde do poço, na base da piola ou da corrente. Lavando roupa em rego d'água, na tábua, coarando na grama. Só não morriam de frio nas geadas de inverno por obra e graça do braseiro que faziam no rés do chão, dentro dos ranchos, porque o cobertor era pouco, menos ainda quando foi aumentando a filharada...

Mas Sabina não perdeu jamais o asseio consigo e com as crianças. Quando calhava de aparecer em casa, e fazia isso uma ou duas vezes por ano, se via como estava feliz, sempre limpa, ela e a criançada. Vinha na carroça carregada com farinha, fubá, milho-verde, abóbora e raizama pra mercanciar; mamãe comprava quase tudo, encomendava garrafada de jujo e presenteava a ex-cativa, eterna comadre que nunca seria, com sabonetes, talcos e águas de colônia, que comprava no armazém da CER-3, no empório de seo Domingos ou na Farmácia Auriverde, em Guia Lopes, ou mesmo na elegante Casa Pinguim, loja de armarinhos que vendia o fino do chique, do elegante e do moderno em nossa outrora infante Vila Jardim. Mamãe tinha suas esquisitices, muitas delas... Mas gostava de ser generosa, presenteadeira. Sabina e o primo Gago foram mudando de rancho e de roça, fazendo filhos ano sim, ano não. Moraram na beira da Ponte, no Passo Velho do Cachoeirinha; no Passo do Touro e na beira da reta em Guia Lopes — entrada para o saladeiro do seo Rosalvo Fraga; um tempo sumiram lá pros lados do Guardinha e também trabalharam de agregado com seo Bernardino Machado; depois, mais pra perto de agora, com seo Oswaldo Monteiro.

Mamãe guardou sempre o azedume por Sabina ter me dado para batizar o primeiro filho dela. Falava para mim, demonstrando saber também a razão do nome do meu afilhado: por onde anda sua comadre? Ando querendo farinha boa, jujo pro mate, meu filho, fumo bom e alguns charutos... — resmungava. Dá um jeito de avisar ela, Abel, meu filho, até já comprei umas lembrancinhas... — me olhava. Uns sabonetes bem cheirosos que a Sabina tanto preza, meu filho — dizia com voz leve, beirando a indiferença, encurtando meu nome. Eu pensava: cascavel de suaves guizos tá de ciumeira.

Então, descobria o paradeiro e avisava comadre Sabina. E, mais dia, menos dia, lá vinha ela, na carroça velha, algumas vezes de cavalo novo, cheia das coisas em que dona Leonora estaria interessada. E esta, muito azeda, volta e meia me provocava assim que comadre Sabina ia embora: dessa vez não tava de cria nova, podemos seguir falando que está com meia dúzia de filhos. Se ela demora demais em aparecer, podemos passar por mentirosos, diminuindo o tanto de filho que ela e o resmungão têm... Essa sua comadre, meu filho... — ela dizia baforando a fumaça do charuto recém-adquirido.

Não adiantava responder, tentar argumentar, dizer que a bugra era feliz, que viviam trabalhando e criando os filhos em paz. Que o primo Gago era feioso, mas muito trabalhador; que se gostavam, se entendiam — e era isso o que importava na vida. Mamãe ficava mais zangada, acusava Sabina de desertora, de traidora — afinal, ela era sargenta sem quartel (melhor: nossa casa era seu quartel) —, e arremedava a boca mole do primo Gago, os resmungos, os sons aflautados, meio guinchados, o cacarejo de gagueira que soltava tentando falar... Mamãe fazia os gestos do Gago com as mãos, fingindo aparar a baba que escorria do canto da boca, pelos queixos, o que acontecia sempre quando ele tentava falar. Quem estava por perto ria de chorar — pois mamãe era por demais engraçada arremedando o Gago! Eu me segurava, ria só às escondidas, percebendo a ciumeira, a ponta de maldade, o mandonismo dela, de uma senhora que já passara dos cinquenta e agia feito uma moleca de quinze.

O padre José Ferrero foi quem casou a mim e a Luíza, afilhada de dona Leonora; o santo homem deu-me a pista e explicação da decisão de Sabina. Era uma dúvida e uma história que já me encabulava fazia tempos. Conversando outro dia no Bar Fortaleza, contou-me do rapto das sabinas, épico histórico e lendário da formação da poderosa Roma Antiga. Em meio àquele sotaque inconfundível e ao olhar sereno, sábio, do padre, foi que percebi que a Sabina daqui da fronteira guarda lá as semelhanças com as esposas sabinas raptadas pelos bravos guerreiros latinos. Ambas — a daqui e as de lá — encontraram o amor, a doçura, o respeito e a felicidade de onde pouco se esperava: do bruto, do feio, do desprezível... Uma variante da história da "Bela e a Fera" também — percebi. E do padre José ainda ouvi uma máxima em Latim, das tantas que ele sempre fala: *Amantes amentes* — os amantes são dementes. Logo e por isso, fazemos qualquer coisa por amor, coisas inexplicáveis aos que não estão apaixonados... Isso me lembrou de quando vi a Sabina sendo "muito bem tratada" pelos seus raptores... Por isso, acrescento outra máxima, bem mais simplória, mas muito mais fronteiriça e verdadeira, com que me deparei num livro de citações: *triste est omne animal post coitum, praeter mulierem et gallum* — depois do coito, todo animal é triste, salvo a mulher e o galo.

Nada de novo sob o sol — como se diz isso em latim?

Sacis

A origem do Saci e sua existência foram profundamente embaraçadas pelo próprio — digo pelo, por advogar sem muito respaldo o fato de ele ser um negrinho perneta, de barrete vermelho na cabeça e dado a fumacear um indefectível pito de madeira de lei. Nascidos nos taquarais do Sítio do Pica-Pau Amarelo, tão bem recriados pelo especialista Monteiro Lobato — que também cita os tipos/estilos dos Sacis. Entretanto, vamos esmiuçar as melhores e mais saborosas versões desse mito mestiço, brasileiro e, acima de tudo, sertanejo.

Já existem pesquisadores tentando tirar dos índios a origem mais remota e ancestral do Saci, assim como quem traçasse e demarcasse reservas indígenas. Porém, é inegável que a lenda mais antiga que iria se transformar e adaptar-se ao longo da história brasileira é a do matitaperê: uma velha índia que assustava viajantes e andarilhos, que guardava caminhos e protegia animais e plantas da maldade de caçadores e lenhadores. Essa velha também poderia ser apenas uma visagem, um *esprito* ou mesmo um passarinho — ou ter o poder de se transformar em um desses seres.

As regiões ervateiras, outrora áreas de grande influência jesuítica, davam o Saci como uma entidade maligna — quando não o próprio diabo! —, de sexo feminino e *costumbrada* na arte de seduzir os varões, aprontar travessuras, assustar viajantes noturnos, entrar nas casas e roubar coisas, mexer com as criações e na colheita do celeiro. Os que viram a figura da Saci diaba diziam ter cabelos muito longos, duas pernas bem longas e soltar baforadas de charutos ou cachimbos também muito longos. Costumava atacar os rebanhos pela noite, embaraçar crinas dos cavalos e fazer correrias com vacas ou ovelhas. Ao copular com os machos, deixava-os lânguidos e abandonados nos trilheiros — idiotizados e abobalhados pro resto de seus dias...

Os mitos mais hodiernos transformaram a guria em moleque, negrinho e perneta, dado a fazer estripulias das já citadas e a gostar de fumo de rolo e copos de aguardente. Habitante das beiras de córregos, dos vaus de rios em matas e capões próximos a fazendas, vilas ou cidades. Trata-se de uma aparição anímica, protetora da natureza, das matas e águas, e capaz de enlouquecer roceiros, atacar escravos fujões, caçadores inescrupulosos, para defender plantas e bichos da sanha maligna. A falta da perna não o impossibilitou de agilidade e velocidade, mas retirou do Saci a autoria da capoeira — os assobios e risadas confundem o incauto, mas sabe ser gentil e agradecido com quem lhe presenteie com copos de aguardente ou toletes de fumo de corda.

Na região de fronteira, o Saci se cruzou e recruzou com mitos paraguaios e, como furtou papéis testemunhos de sua história, é confundido e fundido com o Pombeiro, o Caipora e o Pai do Mato. Porém, do Pai do Mato não tem a cor, nem a selvageria, nem o tamanho, nem o único olho — mas é semelhante na perna roncolha. Do Caipora, possui a semelhança de guardar e proteger os animais selvagens, bravios — só que o Caipora não é de aporrinhar rebanhos e assustar tropas. Já do Pombeiro, guarda mais parecença que dessemelhança, é dado a assobios noturnos, possui a capacidade de se transformar em qualquer bicho, imitar o canto ou voz dos mesmos; parecer estar longe quando está perto e vice-versa.

Curioso e futriquento, gosta de observar pelas frestas e janelas dos ranchos e casas, dar sumiço em objetos das moradias, dos galpões e dos mangueiros. Se o camponês andou exagerando na caça, fazendo maldade pros bichos do mato, persegue e castiga o cachorro com uma sova, depois de atrair com suas artes de imitar animais o pobre cão de guarda. O cachorro gane, uiva e grita, mas ninguém vê o que lhe machuca. Depois da surra, torna-se um imprestável, dorminhoco, mal come, vive a dormir na maior parte do tempo até receber a visita derradeira. Poucos viram aqui na fronteira o Saci, e os que o viram ou morreram fulminados ou ficaram tantã da cabeça, não mais conseguindo trabalhar nem conversar direito; passaram a viver errabundos, caçando mel de jati, caraguatá ou palmito pelos matos. Em tempo, a discussão sobre os acepipes prediletos do Pombeiro/Saci é das mais saborosas e debatidas. Há quem afirme que ele só se alimenta de mel de jati — outros acrescentam o mel de irapuá e mesmo de oropa. Para outros, além do mel, ele come fruta de caraguatá, de marmelo e de guavira. Existem os puristas, radicais, que atestam e afirmam que o Pombeiro só se alimenta de bocaiuva, e vive catando e roendo a polpa carnuda da fruta madura. Esse mesmo grupo costuma afirmar que os Sacis se reproduzem no bocaiuval, nas épocas de ventania, quando aparecem as fêmeas para acasalar e terem crias. O cio dos Sacis e mesmo a cópula dos mesmos não são descritos por nenhum estudioso — não sabemos se por pudor dos pesquisadores ou discrição dos estudados.

Ainda falando em alimentos, existem estudiosos que dizem que os Sacis machos comem mel de oropa, bocaiuva e caraguatá; já as fêmeas alimentam-se de mel de jati e caraguatá.

Entre estes pombeirólogos, há quem defenda a reprodução dos Sacis no caraguatazal, outros no taquaral — entre estes, o emérito Monteiro Lobato. Também encontramos como comida de Saci os diferentes tipos de palmitos, brotos de taquara e sementes de jatobá-mirim, paineira e mesmo sucupira. Quase me esqueço, o fruto do pindó é comida de Saci, tanto macho quanto fêmea!

Há quem diga que os Sacis não se reproduzem sexuadamente, antes, recolhem crianças humanas, levam-nas pro mato e as alimentam e criam para que se tornem Sacis — sem nunca crescer plenamente e chegarem a ser adultas. Afirmam ser o beijo na boca do Saci, mais os alimentos por eles comidos (já citados), que fazem com que guris e gurias se transmutem nesses entes. As crianças furtadas quase sempre não são recuperadas, pois seu choro, mesmo quando ouvido, não pode denunciar o local do esconderijo: os Pombeiros/Sacis são mestres na arte de enganar e confundir humanos disfarçando sons.

O gorrinho vermelho que muitos Sacis levam na cabeça é a fonte de seu poder. Se você conseguir tirá-lo, terá um Saci a seus pés, escravizado, disposto a tudo para recuperar seu barrete e seus poderes. Assim que se devolve o gorro, as traquinagens e mentiras do dito voltam, e tudo que ele lhe prometeu não vai cumprir, esqueça! Mas uns afirmam que o Saci terá medo e respeito pela pessoa, e estará sempre disposto a ajudá-la. A origem desse gorro é controversa, porém evidências apontam que nestas bandas o gorro foi trançado de fibra de caraguatá e tingido com uma substância macabra, fabricada com mistura de urucum, resina de amescla e urina de mulher prenhe. Estudiosos que tiveram em mãos um gorro de Saci juram ser a cor do mesmo um escarlate sem igual; a maciez do mesmo, próxima do algodão; e o cheiro não diferente de um chapéu de palha de carandá suado, com meses de uso. Não custa lembrar que um grupo de pesquisadores discorda dessa versão, afirmando que o material do barrete é mesmo o algodão selvagem, tão bem domesticado e usado pelos guaranis, e se inclinando a concordar com a receita da tinta que colore o gorrinho — adicionando um sistema mágico de tinturaria (mergulhar durante nove luas em gamelas de ximbuva) mais um punhadinho de casca de angico ou barbatimão.

Quanto ao hábito de beber aguardente, uma bebida originada da cana introduzida por portugueses mesmo na América ocupada pelos espanhóis, aparenta ser mais um costume adquirido e trocado entre os mitos europeus e sul-americanos. Para efeito de troca, o uso do tabaco foi a compensação! Dizem que uma forma de prender e conseguir ver um Pombeiro ou Saci é deixar uma moringa com cachaça em algum cômodo da casa. Curioso e sedento, o Pombeiro entra e bebe até cair no sono e ao chão... Aí, é só levantar de madrugadinha para o flagrante. Segundo J. N. González, isso "... nos prova que os mitos, quando persistem em viver, vão adquirindo pouco a pouco os vícios dos crédulos". Esse seria o preço da imortalidade!

Parece que tão assobiando na noite lá fora...

Tratado do canto das aranquãs

Já está mais que na hora de acordar em meio à algazarra do canto dos aranquãs (*Ortalis pantanalensis)* e registrar certezas tanto quanto aclarar dúvidas a respeito do próprio canto desse pássaro tão típico das auroras fronteiriças! A primeira menção ao estrídulo e notório canto aparece no *Compêndio para uso dos pássaros*, do emérito Manoel de Barros, onde se lê a histórica e ornitológica origem para o canto da dita ave. Lá, em relevantes e bem grafadas páginas centrais, vemos que a origem do canto está ligada à gênese das aves, e ao arreparo invejoso e mordaz que a penosa criatura fez ao canto de seus espécimes próximos — aparentados ou não. Trata-se de uma narrativa mítica eivada de sincretismo indiático-cristiano, assim: confirmamos que o aranquã ou aracuã considerou seu canto mais alto e peremptório que o dos mutuns (*Crax fasciolatta*), mais melodioso e belo que o dos sabiás (*Turdus brasiliensis*) e congêneres; mais longo e notável que o dos jacus (*Penélope cristata*) — essas observações, ditas em boa voz e repletas de comentários avaliativos sobre a obra de Nhande Ru, enraiveceram o soberano, que logo penalizou a criatura, não só impondo-lhe canto grosseiro e estridente como lhe suprimindo as coloridas e graciosas penas que a cobriam, tornando a ave um pássaro pardacento, quase deselegante, e de cantar agourento, semelhante ao grasnar de um corvo e ao sapateado da chula sobre estrado de papéis velhos empoeirados.

Noutro registro sobre as origens do canto do aranquã, vemos nas páginas de *Mitos das aves do Brasil*, da folclorista Carmina Weiss, um relato de origem indígena. Afirma o texto que o aranquã foi criado por Nhande Ru para ser um emissário entre os espíritos e o mundo dos vivos, dotado de plumagem brilhante e canto de diversificada e agradável sequência de sons e notas. Qual o quê! A ave não cumpria sua missão, e desvirtuava suas qualidades para fins mais lúdicos e profanos. Certa feita, Nhande Ru percebeu a demora, mesmo o sumiço da ave em responder e dar conta do serviço encarregado a ela por Nhande Ru e foi ver o que se passava. Encontrou-a dormindo no solo, escarrapachada, curtindo os efeitos de uma bailanta repleta de embriagadores cauins. Puniu-a com exemplar justiça, retirando o canto melodioso, condenando-a a dormir equilibrando-se em finos galhos e a madrugar dias a fio de sua existência anunciando a alvorada com sons nada agradáveis de seus onomatopeicos "Vamo acordáá! Vão levantáá! Tá na hora de trabaiá!". Nhande Ru foi que fez.

Já a ornitóloga Rosa Cavalheiro pesquisa junto a uma equipe de linguistas as possíveis comunicações do canto da aranquã e os versos ou dizeres encontráveis segundo o local em que habitam os bandos dessas aves. Em obra de finas fotografias, texto exemplar e deveras cuidadoso na descrição de habitat e hábitos das "comunidades arancuãreiras" por este Cerradão brasileiro — tendo anexo um registro em CD do canto das aves —, Cavalheiro e seus parceiros de pesquisa extrapolam o método e a coleta de dados, dando conta do que cantam os aranquãs quando moram em capão grande; o que comunicam se a moradia é uma mata ciliar mais alta e extensa; o que acontece no linguajar deles quando próximos de agrupamentos humanos pequenos ou de maiores proporções; quais os efeitos do cativeiro nas populações de aracuãs.

Registram então (*Siringe: significante & significados*) que, se cantam no goiabal da baixada ao amanhecer, é seca; se cantam em volta da casa e descem ao pátio para comer milho com as galinhas, é fome; se cantam no mato alto, perto da estrada, é baile; se cantam ao derredor do mangueiro e do galpão, é nada; se cantam pela manhã e no entardecer pros lados do brejão, vem chuva; se cantam em pau seco — bem no alto —, é visita inesperada ou velório!

Assim, vemos, com indizível humor e alegria, que o canto geralmente em dueto das aranquãs — como o de joões-de-barro (*Rufus furnarius*), quero-queros (*Vanelius chilensis*)... — costuma anunciar máximas da vida cotidiana rural e do passado mítico e folclorizado da região, mas não anuncia moça grávida, como o do bem-te-vi (*Pitangus sulphuratus*), nem moça querendo fugir, como o da coruja-buraqueira (*Athene cunicularia*) sentada em cumeeira ou do caburé (*Glaucidium brasilianum*), que assinala traição das brabas! Além do já citado significado acima — anunciando a alvorada —, a obra ornitolinguística de Rosa Cavalheiro aponta outras funções e simbologias para o onomatopaico canto das aranquãs, tais como: "Onde botô? Tá no bocó!"; o mais religioso e arrependido: "Por que assim? Quem fez foi Deus!"; os festivos "Quero bailar! Manda tocar!"; "Olha a cachaça! Dá um gole e passa!"; "Olha o cachorro! Tá com piolho!". Quando a cantoria reúne três ou mais casais, o barulho é deveras alto e indigesto, superando em muitos decibéis e desafinações as bandinhas de rock que surgem e se desmancham pelas garagens da vida. Mas os versinhos mais irônicos são de longe estes, atribuídos à cantoria das aranquãs: "Quero cagáááá! Num vô limpáááá! Quero cagáá! Num vô limpáá! Querocagáá! Num-vô limpáá'!"...

Bilucha

Meu avô foi buscá-la, e tudo indica que a arrancou dos braços do padre... Ela havia fugido com ele, o homem de batina, *avaré*... Estavam já em território paraguaio, Concepción, e tinham bilhetes dum barco que partiria de manhãzinha para Assunção. Tornaram pra casa, Fazenda Macuco, altos da serra da Limeira, perto da Colônia Penzo, nome antigo de Antônio João. Bilucha era linda demais, um colosso de mulher, virava a cabeça de qualquer um — e ela mesma tinha a cabeça virada, uma queda e preferência por namorar padres, esse com que acabou fugindo era o terceiro da lista.

Mas se casou com meu avô e tiveram nove filhos vingados — uns dois ou três, morreram criancinhas... Quando nasceu o primogênito, lhe colocaram o nome de Dâmocles. Coisa de mês, não havia completado a quarentena, o resguardo, Bilucha sumiu noite afora, desapareceu... Voltou só três dias depois. Abalada, feia e despenteada; arranhada e machucada pelos braços e pernas.

Pouco ligou para o filho pequenino. Sua distração era tocar o piano e — às vezes — se acompanhava cantando — nesse caso, alguma ária. No ano seguinte, estava melhor. Conversava bem, tranquila, comentava os serviços da casa, ia visitar os pais. Saía de braços dados com o marido pelas ruas da colônia ou de Ponta Porã. Ia também garbosa de charrete pelas estradinhas. Meu avô João Guiraldes era um cavalheiro, letrado (leitor voraz de mitologias, grega em especial — daí foi retirando o nome para os filhos), paciente e elegante. Gostava e se dedicava à mulher apesar de tudo. Fazia dela sua rainha — as pessoas o aprovavam. Sei que a beleza de vó Bilucha, Beatriz Lúcia, fazia com que ela sempre tivesse razão.

Veio outro filho, Eufrásio. Ela sofreu um pouquinho no parto. Mas pareceu mais certa das ideias e menos afetada que da primeira vez. Amamentou bem o gurizinho por quase três meses. Ninava-o tocando piano quase todo santo dia. Até que, numa madrugada, não amanheceu em casa. Sumiu. Foi ser encontrada novamente em Concepción. Queria ir atrás do homem amado. Voltou raivosa e enfurecida: havia descoberto que o marido e seus capangas tinham matado o padre, era mentira que o dito havia embarcado para a capital, que a havia abandonado... Trocado-a por alguns contos de réis. Junto ao luto, nasceu a satisfação de que ele morrera apaixonado, querendo-a mais que tudo! Confiava que se encontrariam depois da morte, lá do outro lado.

Dois anos depois, nasceu Ariadne, a terceira filha. Mas ela não se emocionou com isso. Pra dizer com franqueza: ela enjeitou a filha. Era tia Baduia quem amamentava e cuidava dela. A guria da fronteira com nome de mulher da mitologia grega, a que dá o fio da meada para salvar o amado do labirinto onde ia ser comido pelo touro, foi salva pelos cuidados da tia e pelo leite de cabra, que o vô João Guiraldes conseguiu. O único amor e interesse que vó Bilucha demonstrou e dedicou para a filha foi tocando piano, músicas calmas e belíssimas, que a guria gostava e parava de chorar quando ouvia. Mozart e Bach e Vivaldi soavam por meses no casarão da Fazenda Macuco. (Não sei direito a origem do nome Eufrásio... Nem se vovô buscava alguma ligação. Acho que escolhia pela sonoridade, também.)

A Fazenda Macuco haveria de ver ainda mais prodígios... Esplendores! Nos meses seguintes, mais de ano e meio, vó Bilucha continuou sumindo toda lua nova. Desaparecia, e só a encontravam perdida pelos caminhos, pelos trilheiros nos campos, nas beiras de matas, dias depois. Chegou a ficar onze dias sumida. Tia Baduia aumentou os cuidados disfarçados, sem dar nas vistas, para proteger a irmã. Ainda mais porque ela engravidou de novo. Dessa vez dum guri que quando homem feito viria a ser meu pai. Seo Drodô, por apelido.

Mas os zelos se revelaram quase excessivos, ao começar a mostrar a barriga, Bilucha se aquietou, parou de tresloucar e sumir nas noites escuras. Isso até chegar a hora do parto... Tia Baduia quase não acreditou quando entrou no quarto e não viu a irmã barrigudona na cama...! Como uma mulher buchuda daquele jeito tinha conseguido desaparecer?!! Há semanas que mal conseguia arrastar a perna para mover o peso do corpo, redondo, barrigão pontudo! E agora, plam! Evaporara.

Chamou bem discreta o bugre Joel — eles batizavam toda a indiada que agregavam com nome bíblico, coisa do vô João Guiraldes também —, e se foram na batida da barriguda fujona... Ela não poderia estar tão longe. Escutaram logo uns esturros e orneadas, meio uns gritos de dor e gemidos altos. Na beira dum caponete, coisa de légua da fazenda. Era vó Bilucha virada em mula... Tia Baduia logo desconfiou, pois ela tinha se perdido com um padre, isso era maldição certa. A mula estava com a cabeça, óbvio, gemendo e zurrando, em trabalho de parto.

Deitava e levantava, se retorcia. Tornou a deitar e relaxou; nessa hora tia Baduia e o bugre Joel se debruçaram sobre a barriga da mula, forcejaram, e a criança nasceu. Era um guri, nasceu gente. Ainda sujinho, pois tia Baduia fora imprevidente, não levara nenhum pano ou roupinha... Jamais imaginou o que aconteceria! Pois bem, tentou fazer o guri mamar na mula, mas essa não esperou muito tempo. Depois de alguns minutos, se retorceu, pôs-se em pé e se foi trotando e orneando pelo trilheiro como se não houvesse parido minutos antes! Deixou o gurizinho guaxo nas mãos da tia Baduia, mal havia mamado o colostro... Tia Baduia rogou uma praga! Depois se arrependeu e orou... Pedia pra bugre Joel acompanhar ela na reza.

No outro dia, madrugada ainda, vó Bilucha retornou para casa. Veio já transmutada em mulher e chegou estava ainda escuro. Para surpresa de muitos, acolheu e amamentou o filho como se nada de diferente houvesse se passado. João Guiraldes nomeou o filho de Andrômaco. Era um bebê muito grande, quase sete quilos de peso. Do parto estranhíssimo, da mãe mula, dizem que herdou o tamanho da genitália: muito semelhante em forma e proporção aos dos mulos. Algo até bem previsível.

Andrômaco levou poucos meses para caminhar sozinho, coisa de dez, mas para falar só o foi conseguir — e muito enrolado — quando já tinha quase três anos... Pensaram até que ele fosse zurrar! Foi então que Bilucha ficou grávida de novo. Seria o quinto filho, o primeiro depois da confirmação do malefício. Só que as coisas serenaram... Parece que os anjos e santos e os deuses ouviram as preces da tia Baduia. Bilucha quase que cessou completamente de desaparecer nas noites de escuridão. Pariu o quinto e sexto filhos como mulher e os criou bem, sem grandes problemas.

Então veio tia Helena, a sétima da lista. E vó Bilucha praticamente repetiu os passos de quando esteve grávida e pariu meu pai. Sumiu gorduchona, prestes a parir. E se foi estrada afora, no rumo do caponete assombrado... Mas dessa vez, mesmo tendo se passado uns cinco anos, Baduia e o bugre Joel estavam escolados. Apetrecharam-se de todo o necessário, inclusive um alforje com as roupinhas para o recém-nascido, que foi a menina... Ajudaram no parto, e tia Baduia não colocou a bebê para mamar, pois o bugre deu uma chapoeirada morna para a parturiente e esta desvirou em questão quinze ou vinte minutos — não saiu destrambelhada galopando como da outra vez. Daí recebeu bem a bebezinha — já de umbigo cortado e bem vestidinha! — para dar de mamar. Então tia Baduia ordenou Joel ir lá à sede, buscar a charrete da irmã, para regressarem a casa... Quase em desfile de gala. Se lamentou não ter ido já de charrete, mas isso chamaria atenção de muita gente. Ela preferia manter o segredo.

Mas no parto do outro filho, Bilucha sumiu e não regressou por dias... Um esgar de preocupação estava na cara de toda a Fazenda Macuco. Dessa vez, toda a gente da fazenda foi procurar — até alguns vizinhos. Não se sabe ao certo o que aconteceu... Presume-se que tenha virado Mula sem Cabeça e parido, mas Baduia e Joel não a encontraram no Capão Assombrado como das outras vezes. Procuraram por tudo em volta, num raio de meia légua ou até um pouco mais. Coisa de dez dias, e Bilucha retornou suja, abatida, meio desnorteada. Sequer conseguia lembrar direito que estivera grávida e que havia parido. Não se sabe nada sobre o bebê! Se nasceu bem, se morreu, se foi abandonado, se alguém encontrou... Se algum bicho o comeu!? O que trouxe Bilucha de volta à razão e ao convívio familiar foi sua música, tocou por dias e noites para enfim voltar a ser a mulher que era. O sumiço da criança até hoje permanece um mistério.

Depois disso, vó Bilucha ainda pariu bem e criou mais dois filhos, uma menina e um menino, Cassandra e Odisseu. Os que nasceram depois de meu pai foram tio Dédalo e tia Eurídice... Mas parece que estou errando na conta, na ordem! Enfim, posso misturar as coisas... Encurtando a prosa: não sei ao certo por que a família deixou a Fazenda Macuco, isso era uma recordação dolorosa pra vó Bilucha e tia Baduia, elas mesmas não sabem dizer (ou não querem). Naquele tempo, certos assuntos não eram *coisa de mulher*. Quando eu era criança, ouvi muitas histórias, e tia Baduia me falava que tinha medo da tia Helena ter ficado com a maldição, pois ela nasceu da mãe virada em mula. Já meu pai num teve filho homem, mas eu e minhas irmãs somos *piçudas* igual ele.

Lobisomem com L
(O tesouro da fazendeira)

Quando compraram a fazenda vizinha, Jorge nem deu por si, afinal, muita gente estava vendendo as terras e se mudando pra cidade. As fazendas centenárias, herdadas de bisavôs, iam sendo passadas para as mãos de paulistas, paranaenses, até catarinenses, quase todos vindo pra cá virar lavoureiro, sojicultor. Mas ele se manteve firme, tocando suas coisas: gado tucura, cavalo pantaneiro, porco-inhato, carneiro-merino, galinha-índia. Os bugres desaldeados plantavam roça pra eles todos lá nas matas da beira do brejão. Mandiocal, bananal e pomar juntinho da casa. Com seus dois peões de confiança, bugres nascidos na firma, a Fazenda Lajeado. Mirto, o mais novo, quatro ou cinco anos a menos que o patrão, tinha começado a virar lobisomem.

No ano seguinte, chegou pra viver na fazenda vendida, a Figueira, uma mulher bonita, quase bonita demais. Filha do dono das terras, ela era veterinária e amava cavalos. Jorge Barbosa gostou da dona, mas desgostou do gosto dela: era viciada e fanática por cavalo quarto de milha. Contudo, ela sabia conversar muito bem, era inteligente sem ser esnobe, entendia de cavalos, montava bem. A amizade e a conversa começaram mais por conta das pastagens, do tipo de solo, regime de chuvas — Judith Schindler averiguava e queria saber tudo. Gostou de cavalgar os pantaneiros, da pelagem diferente e variegada deles; logo que fez amizade, fazia isso por bem uns cinco finais de semana seguidos. Depois as razões foram outras...

Não cedeu aos apelos e propostas que Jorge lhe fez, mas começou a namorar o peão meio abugrado, o Mirto, filho dum paraguaio galego numa bugra da fazenda quando Jorge ainda era pequeno. Mirto ia vê-la quase toda noite na Fazenda Figueira. Ela vinha aos domingos a Lajeado, confabulava com Jorge, pela manhã, comendo arroz carreteiro (diferente demais do paranaense) com ovo frito ou bolinho de polvilho escaldado, café coado na flanela. Pedia autorização para cavalgar nas terras, às vezes com quarto de milha; noutras, quando vinha de carro ou a pé — dava pra se ver uma sede da outra —, no pantaneiro baio. Iam ver a gruta, o paredão com pinturas rupestres e a cachoeira com remanso gostoso. Levava o Mirto com ela.

Ainda no verão, Jorge foi bombear os dois na cachoeira, garrou vício de fazer isso nos domingos. Num deles viu o bugre indo nela feito cachorro; noutro em pé, ela escorada num tronco de castelo. Quando demorava um pouco mais, encontrava os dois abraçadinhos dentro d'água ou já estavam estirados na grama depois dos embates amorosos. Então Jorge via o corpo dos dois nuzinhos, Judith feliz, bela, transpirando e saciada; Mirto ainda afogueado, com as mãos na nuca, expondo o ventre lisinho com o instrumento amolecendo — mas informando o tamanho do prazer que dava pra fazendeira. Jorge voltava pra casa mais excitado e enciumado; descontava os dois sentimentos na irmã de Mirto, a Joana, que cuidava da sua roupa, da casa — a mãe deles é que era cozinheira. Bugrinha Joana que, sem o saber, era beneficiada pelo namoro do meio-irmão com a forasteira, nesses domingos foi mais que presenteada.

Mirto não virou lobisomem por algumas luas cheias; talvez por conta do namoro firme, as emoções de ter e desfrutar uma mulher tão vistosa, livre e senhora de si. Numa delas — das noites de lua plena — estava até de visita na casa da namorada. Parecia que seu malefício tinha aquietado. Mas então veio a ocasião — quando os pais dela estavam pra Jardim nos festejos de 14 de maio —, pois antes disso tinham feito na varanda, bem quietinho, sem gemer alto ou mesmo ele poder bombar forte pra não acordar os velhos pais da Judith com o nhec-nhec da verga dele na chichoca da fazendeira! Nessa noite, Judith e Mirto ficaram com a casa só pra eles e foram se amar na cama do quarto dela. Sem amarras, com fungados e gritinhos, com a espolegação molhada e barulhenta. Justo na hora do estertor de gozo da terceira engatada, Mirto sente os esgares, os calafrios, as convulsões... e vira lobisomem dentro e em cima da Judith! No gozo da cópula! Ela soltou um berro de pavor e o empurrou, levando a mão para a gaveta do criado-mudo onde possivelmente estava o revólver. Ele correu porta afora deixando roupas, calçado e chapéu na casa. Foi reaparecer alta madrugada, nuzinho e todo lanhado, depois de muito uivar, no galpão da Lajeado. O outro peão estranhou o fato, mas não perguntou nada.

Judith sumiu, alongou, não veio mais. Entretanto, conseguiu esperar apenas algumas semanas; pouco antes dos festejos de São João, não se aguentou e foi ter na Fazenda Lajeado. Tudo se ajeitou, ela tava gostando demais, pra lá de enrabichada e afeiçoada, do Mirto! Devolveu a roupa, a botina e o chapéu. Pôs-se a conversar com o lindeiro patrão, que confirmou. O homem tinha esse poder, ou sina, ou doença. Mas ninguém é perfeito! O namoro seguiu meio estranho, com menos encontros — quase só os de domingo lá na cachoeira —, mas eram esses mesmo que aqueciam o enrosco do patrão com a Joana, que era chamada pro quarto do Jorge pra este descontar a ciumeira que sentia da Judith.

Em fins de setembro, nem tinham voltado as chuvas, o céu estava fumaceado das queimadas, a lua nascendo vermelhona, Mirto foi de novo pro quarto com a Judith. Os pais dela tinham ido de novo pra cidade. Fizeram amor, e ele virou lobisomem. Não conseguiu fugir! Judith atirou nos olhos dele. Morreu sem desvirar, sobre a cama. Ela coureou o bicho, com cabeça e tudo. Era um troféu muito bonito: um couro de lobisomem; a lembrança do namorado amante que sabia fazer amor, o que a deixou ainda mais desconsolada, uma mulher marcada pelo signo da tragédia. Ainda assim não disse "sim" ao Jorge, mas ia quase toda semana prosear, perguntar e assuntar, tentando se distrair. Na verdade, ela gostava de remoer e se lembrar do Mirto, de como ele a fez gozar gostoso por uns bons tempos... Um dia, no meio do tereré, os dois conversando, Jorge sugeriu pra Judith: por que você não dá o couro pro Ney Matogrosso? De fato, ele muito cantou que nunca viu rastro de cobra nem couro de lobisomem.

Aparição

Foi o motivo do primo Nivaldo Jesus ter ido embora daqui pra nunca mais voltar...! Se é que você num sabe disso! Muito me admira!

Ele já estava negociando com os parentes lindeiros lá dos campos dele, ali indo pela estrada que vai pra Bela Vista. Numa dessas, de tardinha, voltava para Jardim. No carrinho dele, um fusqueta azul-cueca, de para-choque niquelado, escapamento de playboy... Pois sim! Eram três portões duas folhas, de lá pra cá; depois: duas cimbras, uma deles meio escangalhada... Ele varou na toda, zunindo! O carro levou tudo de roldão... arrebentou. Um que outro amassadinho de nada, um triz na tinta, nada mais. A lataria era pesada, resistente.

Chegou a casa mais que transtornado, branco, pálido, alteradíssimo. Respirando afogueado, nem conseguia falar...

Era ele e a cadelinha, uma guaipeca avermelhada, focinhuda. Faceira e serelepe, mal se pegava a chave do carro, pum! Ela estava em pé, abanando o rabo, feliz da vida pra passear. Entrava antes de todos no carro, mal se abria a porta.

Foi na estada da fazenda, como disse. Ele e a cadelinha estavam voltando...

Quando desceu do carro, abriu o portão pra lá, pra cá, tranquilo. Tava pensando no negócio que já tinha sido tratado e faltava só a documentação. A cadelinha balroou, latiu estranho pra estrada e correu pro carro que estava de porta aberta. Ele voltou, olhou pra estrada e nada viu. Diz até ter brincado com a Wandeca, falado algo para acalmar... Ter feito uma piadinha carinhosa.

Passou o carro e desceu para fechar o portão. Sozinha, a cachorrinha ficou resmungando. Nisso, escutou um barulho no mato, coisa de sete ou oito metros, mal emparelhara os portões e descera o anel de arame pra fechar. Viu saindo do mato um ser que parecia homem, mas muito alto, mais de dois metros! Peludo, cabeludo, carão de fera, feioso e bocudo. Narigão. Ele se arrepiou todo! Qual o quê!? Ainda teve tempo de ver o bicho dar uns dois passos, parar num trilheiro da estrada e respirar como que farejando a presença dele...

Primo Nivaldo Jesus se mandou para o carro, meio de fasto, de lado, olhando aquela aparição terrível. O homem-bicho tinha braços longos, baitas mãos, uma pica de cavalo até quase os joelhos! — perdurada ali entre as pernas. A barriga pelada, com uma rodela meio rosada no lugar do umbigo. Ele entrou no carro, bateu a porta e ainda olhou pelo retrovisor interno e externo, enquanto engatava a primeira! O bicho veio para o lado deles...

Arrancou o carro, a cadelinha rosnava e gemia, se mijou toda, respingando no banco traseiro (mas isso só viram depois, já lá na casa). Acelerou e se mandou pela estradinha de terra como se fosse um *rally*. Na primeira cimbra ele diminuiu um pouco, pensou e arremeteu! Varou os fios de arame com uns dois balancins frágeis, escutou só o barulho da pancada e dos fios raspando o carro.

Na segunda, repetiu o feito. E se mandou o mais rápido que podia, tremendo, apavorado. Antes de chegar à BR, acendeu os faróis, pois estava escurecendo, e uma parte da estrada era ladeada por mato, cerradão dos dois lados. Por sorte, portão não havia mais, nem cimbra, mas teve que diminuir a velocidade para passar mais uns dois mata-burros... Chegou à casa que era alugada, ali na chácara do seo Kadri — naquele tempo era pra lá um pouquinho da área urbana da cidade —, chegou fora de si. Não conseguia falar, bebeu um copo d'água, acalmou e se pôs a chorar...

O guri mais velho deles, então com uns 17 anos, teve que dormir no quarto dele. Era tudo que conseguia falar e pedir, trespassado de medo. Foi pegar no sono já tarde da noite, depois de incomodar, fazer avisos e pedidos desconexos, pedir que acendessem vela no altar dos santos e orassem. Fez orarem na sala, alto, para ele escutar do quarto, tremendo. Volta e meia caía no choro.

Acordou meio tarde, lá pelas sete da manhã, e chamou a mulher e todos. Pediu um café e acendeu um cigarro, baforou e, só então, conseguiu contar o que lhe tinha aparecido. O porquê daquela situação dele.

Ficou em estado de choque por dias, mais de mês. Não saía de casa e não ficava sozinho por nada desse mundo! Tomava banho com alguém de vigia na porta, e a cadelinha junto. Quando ia escurecendo, principalmente nos primeiros dias, semanas, tremia todo, chorava. Perdia a fala. Pra dormir, parecia criança medrosa e mimada, o filho, a mulher, alguém mais, tinha que estar ao lado dele. Conversando, rezando, tentando distraí-lo.

Foi médico, amigo, rezador e benzedor, gente de tudo quanto é crença e religião visitar. Dar um apoio e ajudá-lo. A cadelinha gemia e estava sempre por perto, nunca mais quis entrar no carro. Mesmo depois que a puseram toda chorosa e trêmula, para ir ao mercado ou banco, dar uma voltinha na cidade.

Primo Vantuir Barbosa, da Fazenda Maçaroca, fez a documentação no cartório, levaram lá na casa e ele assinou. Ele não saía mais de casa pra nada! — isso já uns três meses depois da aparição. Negócio foi fechado, a Maçaroca anexou a Panambi. Então, primo Nivaldo Jesus Barbosa, com campo e gado vendido, pagamento acertado, se foi embora da cidade e do estado, com a mulher e apenas dois filhos. Os mais velhos ficaram por aqui, morando comigo, depois foi que um deles foi pra lá, morar com os pais. Por lá, já meio coroa, pouco antes dos quarenta, mal chegou e decidiu estudar: prestou concurso para a Petrobrás, passou e seguiu trabalhando até se aposentar. De lá só mandava notícias, era o tempo das cartas, telefonemas ainda levaria uns sete ou oito anos — enviava um dinheirinho para o filho que ficou, também. Fez terapia, muitos anos, melhorou, conseguiu conviver com o trauma — de preferência sem tocar no assunto.

Porém, se indispôs com muito psicólogo que não acreditava no problema dele, nesses assuntos, ou nele.

Sim! Por sorte, as oportunidades eram muitas naqueles dias. Bem diferente de hoje... Digo isso pelo belo trabalho que o primo conseguiu. Entretanto, voltar pra fronteira, mesmo que de férias, a passeio, para rever parentes e amigos, nunca mais! O Barbosa, bonitão e valente, todo científico e progressista, se borrava de medo de encontrar o Pai do Mato (eu penso que foi um desses que ele viu), achava que aquela visão, aquele ser sobrenatural, ia persegui-lo e encontrá-lo mesmo na cidade. Em qualquer lugar, num finzinho de tarde ou começo de noite. Foi por isso que ele saiu daqui da fronteira... Fugido, se pelando de medo.

Esse Fusca aí é o da aventura. Está inteirinho! Nunca mais quis saber do carro, os meninos que andaram um tempo. Depois ficou comigo, até hoje, e a documentação ainda está no nome dele, acredita!?

Batizado

Para Angela Colognesi

Não, não, isso é coisa que o povo diz de brincadeira... Fazendo conjectura doida, só pra dar risada. Rindo pra não chorar. É verdade que foram embora meio logo, mas por outros motivos. Foram porque a Terése Vaghering estava moça e queriam arrumar bom casamento pra ela, o que conseguiram até melhor que a encomenda... Mas enviuvou jovem. Também para o Ludwig — o mais inteligente e estudioso dos cinco filhos — poder estudar numa boa universidade, conseguir o diploma. E ainda para que Daniel fosse operado, tivesse corrigida uma hérnia escrotal que o guri tinha; naqueles tempos, isso era cirurgia que requeria enormes cuidados. E havia muito preconceito e ignorância a respeito do assunto... Mudaram daqui para Santa Maria, Rio Grande do Sul.

Porém, é muito mais divertido e persiste na memória das gentes que eles se foram daqui porque o Edgar Vaghering foi levado pelo Saci. Que George e Rafaela tinham medo disso, de outro filho ser levado... Tanto que a senhora, o senhor estão me comentando isso, tantos anos depois! Pois isso se deu quando eu estava era nascendo! — vindo ao mundo, como se dizia.

É verdade! Sim, verdade verdadeira! Edgar era o quarto filho do casal Vaghering — depois vinham Daniel e Isabelle. Era aí um baita e espigado guri, louro, cabelo cor de palha de milho seca, dessas que as vovós fazem pito. Belo dia... Cadê o Edgar? Estava brincando com outras crianças, os mais velhos por perto, e mesmo assim sumiu. Procura daqui, procura dali, chama-se, grita-se o nome do guri, ele tinha aí por volta de quatro anos... Mas parecia ter uns seis! Sabia falar bem, caminhar, tudo. Não estava no quintal grande nem em nenhum dos vizinhos, nem no pátio da escola, debaixo do paraíso copado, onde os guris maiores ficavam jogando bolita e rodando pião.

Veio a noite, e o desespero tomou conta dos pais, das pessoas, da cidade inteira. A notícia se espalhou feito semente de paineira levada pelo vento... (Não posso dizer fogo, porque fogo a gente vê, chama atenção!) Foi quando alguém aventou que podia ser o Saci quem tinha levado a criança, pois seo George e dona Rafaela não eram pios, religiosos — em verdade, eram, mas um calvinista e a outra protestante. O guri num era batizado! E logo uma das senhoras paraguaias mobilizou um grupo de rezadeiras para começar a novena, os terços, pedindo para Nossa Senhora de Caacupê intervir e salvar o pobrezinho.

Nisso, durante a noite, na sala do casal estrangeiro, belgas, uma multidão de senhoras rezava, tomavam mate, se revezando no grupo de oração para que esta não parasse. Alguns homens, do lado de fora, conversavam baixo, tomando tereré, uns dizendo que o Saci é fêmea e de cor clara, pernas curtas, cabelo comprido cor de fogo, olho azul e dentes avermelhados... Outros que é só uma bugrinha de olho claro esverdeado, pernas mais curtas que o tronco, peitinhos bem pequenos, cabelos longos, mas nada demais. Que ela enfeitiça com o olhar e um sorrisinho, e o homem ou guri vai encantado atrás dela. Fazia calor, era tempo de férias, verão. Digo que alguns estavam tomando tereré e explicando como era o/a Saci porque a maioria se dispôs a ir procurar o guri sumido, tecnicamente levado pelo (ou pela) Saci.

E foi um tal de chegar notícia de que tinha gente procurando no que viria ser a vila Jalu, naquele tempo tido como local assombrado; na vila São Cristóvão — que era só chácara com mandiocal e milharal, pomares; na Planalto ou na São Miguel, onde também havia mais mato que casario. De gente lá pra cima da cidade, perto do cemitério, pros lados da estrada velha no rumo de Jardim, pelo rumo da chácara da professora Célia Nascimento, saída para Nioaque e Maracaju. Pras bandas do Passo do Touro.

Naquela madrugada, quando terminou a reza, as mulheres foram embora, só algumas permaneceram fazendo companhia para dona Rafaela, mortificada. Foi-se mais um dia de procura, disse me disse e falação, mas sem nenhum resultado... O comandante da CER-3 decidiu entrar na busca — comandante Stuck. Arregimentou um pelotão de soldados que foram para um lado, foram pra outro: cansaço, conversas, atribulações e mais um dia de fracassos. Então, no segundo dia, decidiu dividir em três grupos, e se espalharam pelas cercanias da cidade, na reta do Ariranha, nas fazendas Jardim, Triunfo, Boa Vista, Loro, Palmeira... Um grupo revistou as redondezas do matadouro de seo Rosalvo Fraga.

Nada encontraram.

Nisso, muita gente chegava à casa dizendo que haviam escutado o choro do guri perto da ponte de arcos, perto do autoposto, mal se descia o barranco do corte, na beira do rio Santo Antônio. Lá no entroncamento, na Placa, como chamavam — coisa de 8 quilômetros da cidade... Os espertalhões já estavam dizendo que o guri fora roubado pelo Homem do Saco, e não pelo Saci. Que, àquela hora, devia de estar longe.

Um grupo de soldados num caminhão ficou indo para olhar e vasculhar tudo nesses lugares — foram até mais de uma vez. Nada encontrando. Pra isso, já se estava no quinto dia de buscas, muita gente falando baixinho que a esperança tinha acabado, que o guri devia de estar morto... Ou tinha virado Saci. Outros não se davam por vencidos, diziam ter fé e confiança de que iriam encontrar são e salvo o pequenote. Pois, se fora o Saci quem o levara, ele dava água e comida para o pequeno. Caçava mel, bocaiuva, pindó e caraguatá. Dava água de taquara, fazia lamber folha com orvalho, com sereno.

As mulheres fizeram outro terço e outra novena. Toda noite iam rezar. Mas, do sexto para o sétimo dia que o guri tinha desaparecido, decidiram fazer oração forte, vigília, até amanhecer. Dona Santa

Zoaga puxava a reza, passava para dona Patrícia Alvarez, que repassava pra dona Santiaga Rivas. Assim se passaram três dias. No nono dia, já mais habilitado e pensando melhor como agir, o comandante Stuck diminuiu em grupos menores seu contingente e o espalhou pelos quatro pontos cardeais para procurar. Ordenou que o fizessem em silêncio, que andassem devagar pelos matos, pelos capinzais, atentando e procurando escutar um choro, um lamento do pequenino — pois se dizia que a criança chora muitos dias antes de dormir e então, ao acordar, já está como um Saci. E o nono dia é espécie de portal, de conclusão dos rituais.

Pois então, na estrada do Ariranha (onde primeiro tinham procurado e nada sequer suspeito fora encontrado...), perto da entrada para a Fazenda Lichiguana — que fica coisa de légua e meia da cidade —, num trecho antes de começar um grotão já depois da entrada pra fazenda de dona Conchita Farias, um dos soldados da busca se afastou para ir tirar a água do joelho, parou à sombra dum pé de capitão na borda do mato, cerradão bravo — mato de ter onça! —, para amainar o calor... Mijou, balangou e recolheu a rola; abotoou a braguilha. Respirou aliviado... (Desculpe, mas tô dizendo como escutei.) Ficou matando o tempo, olhando pros matos, pro céu, ouvindo ruídos da natureza. Estava cansado, quase irritado, pois já ia uma semana sem jogar futebol, sem voltar pra casa dos pais, sem dar uma passadinha no cabaré da Nica... Entediado, procurando nem bem sabia o quê! Bebeu um gole do cantil, tampou, afivelou no cinto, fazendo os gestos com parcimônia (mais pelo tédio que por obediência ou empenho). Foi aí que conta ter ouvido tipo um miado de gato, depois mais outro e outro. Apurou o ouvido pra ver em que rumo era. Percebeu que parecia vir dum caponete a coisa de uns cinquenta passos de distância, em frente do matão grande. Foi andando pé por pé pra não perder o miado, não ser atrapalhado pelo barulho dos passos e do capinzal roçando no coturno; desconfiado, até temeroso, sentindo arrepios. Quando chegou mais perto do caponete, o miado logo se revelou ser um choro baixinho.

Encontrou o Edgarzinho soluçando no chão de folhas secas, debaixo dum cabeçudo — no mais alto do caponete era um pé de caroba meio florido de roxo que imperava. Havia uns caraguatás taludos atrapalhando pra se buscar o guri, passou o facão neles. Estava sujinho, remelento, meio abobado. Os dedinhos da mão bem roídos por formiga. A roupa em frangalhos, as perninhas e os braços feridentos, picada de mosquito, de mutuca, muitas feridas purulentas.

Atinou de dar água pro guri, que bebeu do cantil com gosto, sôfrego. Não soube lhe dizer o nome. Tampouco do pai e da mãe. Diminuiu o choro. Depois da segunda bebida de água, desmaiou. O soldado então o pegou no colo e tentou sair para a estrada, conseguiu. Foi uma sorte ter tomado essa decisão, pois se diz que quem encontra a criança levada por Saci e a deixa para ir buscar ajuda e voltar ao local nunca mais a encontra. O soldado, ao sair na estrada, encontrou uma sombra de pequizeiro, os frutos taludos, mas ainda verdes, e ali esperou. Já estava alto o sol, e o calorão abrasava. O guri foi depositado ao chão, pois além do peso fedia a urina, suor azedo, feridas e cocô: falta de banho.

Pensou em gritar, mas era muito supersticioso e sabia que ali por aqueles trechos de mato cerrado e campo tinha muito Pai do Mato — também num queria tirar a prova e dar de cara com o/a Saci... Como havia encontrado o guri, acalmou. Coisa de meia hora ou menos levou para passarem ali dois soldados do mesmo grupo. Um dele foi chamar o chefe, o caminhão, avisar que a busca tinha chegado ao fim. Deram muitos gritos e disparos de mosquetão pra cima. Fizeram algazarra.

Edgar permaneceu abobado, sem andar por bem uns dois meses: o médico disse ter ficado desidratado e desnutrido. Antes disso, o padre João Mantovani decidiu foi batizar o guri — sei porque foram meus pais os padrinhos, e dizem que nunca a matriz acolheu tantos fiéis para assistir a um mero batizado. Edgar Vaghering, ao invés de estar no colo da madrinha, ficou no colo de papai. Só a força dum homem para aguentar aquele magrelão "só couro e osso", um olhar perdido, que ainda não tinha voltado a falar como antes... Mamãe, também e ainda de resguardo por mim, aparece de véu segurando o círio nas fotografias.

O Papa João XXIII já havia determinado que as missas e os sacramentos fossem ministrados na língua pátria dos fieis, em vernáculo, mas o padre João ainda batizou o Edgar em Latim, como eu mesmo fui batizado algumas semanas antes. Sei que o padre Mantovani perguntou:

— Edgar, *baptizatus tibi vis*?

Papai e mamãe, seo George e dona Rafaela e até alguns fiéis responderam juntos:

— *Etiam Ego vere vis!*

— *Ego quidem vos baptizo in nomine patris et filii et spiritu sancti.*

— *Amem*...! — respondeu o coro uníssono de todos na matriz.

Carniça

No começo elas apareciam babando muito e andando com dificuldade, mas nem demos por isso, não nos preocupamos. Só que, dois dias depois, avistamos umas três vacas deitadas no campo. Jacinto ficou preocupado pelo tanto de gosma e espuma que escorria da boca delas, e algumas tinham os cascos sangrando. "É a febre, a peste" — falou. "Vamos passar por maus bocados, mano, tomara que isso num se alastre... Senão vai ser um inferno! Pior que guerra!" — comentou. Em seguida raspou a garganta e cuspiu no chão arenoso. Estava certo — sobre a peste, não de ficar cuspindo.

Daí que fomos vendo três ou quatro vacas daquele jeito a cada dia. E, depois de dois dias, elas deitavam; mais uns três, se estiravam e morriam. Laurinda, nossa bisavó, contava que, quando compadre Bernardino veio do Rio Grande, foi assim. Que no ano que perseguiram e mataram o capitão Silvino Jacques, em 1939, foi assim também. Fez-nos colocar querosene na nuca das vacas leiteiras e dos bezerros delas, pra cercar a peste.

O campo virou um cemitério de vacas mortas, estufadas, e a carniça delas era campo de pouso e restaurante dos urubus, de gaviões, dos caranchos... Comiam tanto que não conseguiam levantar voo alto: sentavam nos postes da cerca enfileirados, amontoados nas árvores mais próximas, a meia altura, guinchando e bicando; mesmo pelo chão, com movimentos lentos, pesadões, de papo cheio. Nem aí pra lobinhos, pois estes também se empanturravam na carniçama.

Quando batia um vento, o fedor empestava a casa, então tivemos que ir cavoucar buracos, jogar a carniça ali dentro e tacar fogo. Fizemos isso quase uma semana sem muito sucesso, o fedor nos perseguia, quando então fui ver com a turma que estava asfaltando a estrada pra Porto Murtinho se emprestavam um trator. Ah, que alívio! Valdelírio veio de lá também com uma escavadeira. Abria uma vala, e íamos empurrando com a lâmina do trator. Limpamos bem um meio quilômetro em redor da casa daquela fedentina toda. O fogo ardeu por horas, uma fumacinha ficou fumando por dias... O cheiro diminuiu, ou nos acostumamos com ele.

Nosso feito valeu olho-gordo dos vizinhos. Logo o chefe do trecho enviou o Valdelírio e os outros com o maquinário pra cavoucar e enterrar vaca morta dos outros fazendeiros, os grandões, meio coronéis. Pra falar a verdade, a peste serviu pra confirmar que o Militão Barbosa tinha mais gado que todo mundo. Era um mar de vaca morta nos campos deles! Urubu nem voava de tão gordo. Lobinho deitava coisa de 10 metros, à sombra, esperando o sol baixar pra comer de novo, deixou até de ser bicho da noite. Onça pintada, ou parda, canguçu... vivia acampando na beira dos matos, indo daqui e dali no meio daquela carniça toda, nem caçavam mais. O duro era andar no meio daquilo, dava vontade de chorar de pena — e de vomitar por conta do fedor. O velho Militão mais um dos filhos viviam de olho vermelho por causa da fumaça e do tanto que choravam... Ficamos no mutirão por uma semana, enterrando e pondo fogo naquele mundaréu de gado, cheiro de carne e couro queimando, um churrasco que não se ia nem podia comer.

Aquilo se alastrou pelas fazendas, numas matando mais que nas outras. Na Fazenda Margarida pegou tipo a metade do rebanho. Na Fazenda Baguaçu, eu e o Jacinto fomos com a turma do trecho até lá, parece que matou quase tudo, mal sobraram uns torote e bezerro guaxo — que muito morreu de fome, dava trabalho demais tirar leite e amamentar aquilo tudo de bezerro sem mãe. Na Terra Vermelha e no Firme já matou menos, mas ainda assim era muita vaca estendida no chão, e deu trabalho pra peonada cavar buraco e queimar, lá nunca chegou a turma do maquinário. Pela Figueira a peste levou de eito, o rebanho todo, até cervo e veado do campo aparecia morto — já lá em casa, bicho selvagem num encontramos nenhum morto, nem mesmo a porcada que a gente criava no cercado, presa, pra poder ter lavoura e pomar, horta também. Descendo pro rumo do Pantanal ou subindo pras Morraria da Bodoquena, parece que a peste foi diminuindo. No Amonguijá quase que não matou nada, uma que outra vaca erada, os touros; novilha e garrote escapavam do vermezinho invisível, mas malvado. Das fazendas lá perto de Bonito, se ouvia dizer que tudo seguia bem, nenhum bicho afetado. Era muita sorte!

Tanta coisa acontecendo, chamou a atenção do Agraer (ou alguém os avisou). Veio técnico da capital. Veio também o povo da imprensa, do rádio e dos jornais, das televisões. Muitos queriam aparecer e dar entrevistas, exagerando as coisas. Laurinda, minha bisavó velha que vivia recordando tempos idos, resmungou que daquelas outras vezes não tinha trator nem carregadeira, era tudo no muque, mas matava bem menos vaca. Quiseram entrevistá-la, mas ela tinha medo de fotografia e também dos cinegrafistas. Contava que, quando acabou a Segunda Guerra Mundial, nosso povo ficara sabendo porque o irmão dela vivia "conversando com o rádio" e dali escutara isso: de haver terminado a guerra. Que morrera de medo quando passou pela fazenda o primeiro carro motorizado, correu com a criançada, e se esconderam todos no bananal.

Sobre a peste, ela arranjava umas causas desencontradas: É vingança do fantasma do velho Silvino Jacques. É porque algum ganancioso tirou enterro e não dividiu com quem tinha de, talvez até matou o infeliz! Foi por conta do último eclipse que cobriu o sol e escureceu o mundo. Os repórteres e técnicos sorriam e lhe faziam mais perguntas pra escutar as histórias, já que ela sumia se algum ameaçasse de pegar uma câmera.

O Ruy Peixoto lá da Fazenda Santo Antônio fez promessa: se morresse só metade do gado dele, faria festa pro santo e convidaria toda a gente da região, as crianças tinham de comer primeiro, elas se sentariam à mesa, os adultos depois. Coincidência ou não, em menos de cinco dias não apareceu mais rês doente e logo parou de morrer. Facilitou pra nós enterrar e tocar fogo no que já tinha perecido. Dona Almerinda, mulher dele, me deu umas medalhas de santo e papel de oração pra eu fazer nas nossas terras. Só que, quando voltamos, o que sobrava vivo era só umas quarenta vacas leiteiras. Fiz mesmo assim. E a gente punha querosene na nuca do animal e logo atrás do cupim, obedecendo bisa Laurinda.

Os técnicos nos aconselharam a enterrar e queimar toda rês morta da fazenda, terminar o que já se tinha começado — e, antes, a retirar as que tinham sobrevivido. Papai foi com Cheraí e Estrovenga (peões nascidos ali na fazenda) comboiando o gado pra Fazenda Tarumã, lá perto do Buraco das Araras, ficar morando um tempo com os parentes. Mas, antes, matamos os capados gordos, fizemos toucinho, torresmo e banha, guardamos algumas latas e demos outras pros técnicos — eles não entenderam como os porcos escaparam da peste. Teve também para os repórteres e fotógrafos. Eles gostaram muito, levaram galinhas e latas de ovos, os queijos de antes da doença. Foi um alento, novas amizades e companheirismo, em meio àquela tragédia toda. Em outra situação teria tido festa, música e baile, talvez.

Bisavó Laurinda resmungou e teimou que não queria ir, mas foi. Subiu na carreta com mamãe, a mulher do Jacinto, as bugras da casa — uma delas mãe do Cheraí —, mais as seis crianças, três delas do Jacinto com a Ana Rosa. As bagagens, arcas e baús de roupa, caixa com vasilhame de cozinha; uma gaiola com galinhas; o papagaio da Ramona. Era uma manhã de nevoeiro, tinham onze léguas pela frente. Ficamos eu e o Jacinto pra fazer o serviço.

Limpamos, aceramos ao derredor da casa, da lavoura, do pomar, pra não vir o fogo ali. E saímos pro campo. Ali perto já estava tudo queimado e enterrado, mas tacamos fogo no pasto. Mais distante, era uma visão aterradora nossas pastagens, nossos invernadas... Só bicho morto, restos, carniça, algumas de couro ressecado, outras só a ossada — o couro já tinha sido comido pelos urubus, pelos pinhés. Havia ossadas inteiriças, quase completas, até o chifre ainda estava lá...! Mas outras eram só o crânio, o espinhaço e as costelas, um que outro osso da perna da rês: os caranchos, lobinhos, tinham levado e comido até os ossos.

Numa campina mais plana, de grama baixa, a brancura meio acinzentada das ossadas se assemelhava a um monte de cupinzeiro esbranquiçado, listrado, pelo vão dos ossos das costelas. Se chorar adiantasse alguma coisa, eu chorava — falei pro Jacinto. Ele respondeu que só agora se dera conta de tudo! E entendia o Militão e o filho. Fazemos o serviço, depois, se sobrar tempo e ânimo, a gente chora — falei. Ele balbuciou palavras incompressíveis e acenou que sim com a cabeça.

O fogo ardeu por quatro ou cinco dias. Confesso que manobrei com o mano para irmos tacar fogo mais no final da tarde — alegando que o vento parava ou era mais fraco —, pois aquilo entrava noite adentro com um clarão das labaredas indescritível... O fogo, pensei, tem o segredo e a malvadeza dos deuses. Quem o furtou é o maior ladrão, e também o herói por cima de todos. Hefesto, para o grego. Boitatá, dos tupis-guaranis. Kalinka Netaika, uma mulher, mito ejiguadegi. Eu chorei de poesia, de despeito e superação pela tragédia, de pensar naquilo enquanto via minhas terras e gados ardendo numa imensa fogueira... Disfarçava para o Jacinto que era a fumaça, o ardido dela, do calor do fogo, que me fazia minar lágrimas dos olhos, criar coriza e ranho no nariz, entrecortar meu fôlego. Imaginei: os deuses hão de fazer de nós uma fênix.

Entre o delírio e os afazeres, tanta coisa me passou. Pensei em trocar de nome nossas terras, rebatizá-la. Uma rediviva fazenda, com novo nome: Terranova. Isso contei ao Jacinto, ele me apoiou.

Bebemos café nos amanheceres na varanda, pois ficamos cuidando do deserto lambido pelo fogo que virou nossos hectares... Esperando as chuvas pra ver rebrotar o pasto, o mato, a vida. Daí ia buscar nossos familiares lá na Fazenda Tarumã. Meio da manhã tomávamos tereré, depois se ia cozinhar o almoço: arroz carreteiro, feijão e couve cortada fininha (o Jacinto sabia fazer isso). Vi-me com dificuldade pra respirar, dores no corpo, coriza e espirros frequentes, por conta do calorão do fogo, do fumacê grande, dos picumãs e daquele ar pesado cheirando a couro queimado, carne e ossos.

"Jardel! Jardel! Acorda, tá delirando!?" — Jacinto me gritou. — "Tenho notícias boas. Deu negativo seu teste, mano!". Ainda gripado, meio zonzo, consegui escrever o sonho.

Cambaracê

Quem não assistio aquella scena pavorosa não póde imaginar o que foi.

ALFREDO TAUNAY,
Dias de Guerra e de Sertão.

É uma covardia! E a maior, das tantas com que já lambuzamos os fundilhos da história. Traz um amargor irremediável. Por certo, é a mais insólita e idiossincrática — digo a mim mesmo antes de acordar do sonho, sentindo que o velho fantasma é quem estivera conversando comigo —, o velho de mirar cego dono da sabedoria das bibliotecas do mundo. Pareço ainda escutar minha voz quase gritando. Mesmo ele reluta em conversar sobre o episódio. Há pessoas que não lidam bem com as tragédias, fingem que elas não existem na vida, oram pra que o silêncio as apague.

Na manhã do dia 26 de maio de 1867, um pequeno pelotão do Exército Republicano Paraguaio executou mais de 130 membros do Exército Imperial do Brasil abandonados doentes às margens dum córrego afluente do rio Verde, no sudoeste do atual Mato Grosso do Sul.

Os mais de 130 coléricos foram deixados numa clareira aberta na mata na noite anterior por ordem de Carlos Camisão, o comandante, que assim decidiu na intenção de salvar o restante da Coluna. Retornava esta acossada, sem comida, doença grassando, deserções, chuvas. Foi a solução pensada pelo comandante, pois o arrastar da marcha carregando doentes facilitava sobremaneira os ataques dos paraguaios: vão-se os anéis... Os enfermos moribundos permaneceram ali sob a proteção de um simples apelo à generosidade dos combatentes paraguaios por intermédio destas palavras escritas em letras grandes sobre um cartaz pregado num tronco de palmeira-carandá:

"Compaixão para com os coléricos."

Consta que tenha sido escrita em castelhano: *Piedad para los cholericos*. Ou em guarani: *Poriahuvereko hasýva* — e até mesmo: *Compassion a les cholériques*, em francês! Mas desta última possibilidade eu mesmo descreio, posto que alguns comunicados e documentos fossem escritos na língua de Flaubert para, se os mensageiros fossem interceptados e presos pelos paraguaios, estes nada entendessem ou, ao menos, demorassem a descobrir.

Não sabemos se leram o pedido no cartaz (qualquer soldadinho paraguaio sabia ler), mas, se sim, o ignoraram...

Mal as tropas brasileiras se afastaram do local, coisa de cem a duzentos metros — segundo Taunay: distante dos olhos, mas ainda suficientemente perto dos ouvidos —, escutaram as vozes e os gritos dos paraguaios seguidos dos lamentos dos brasileiros. "Que clamores indescritíveis, então, ouvimos!" — recorda. Ninguém da Coluna ousava mirar nos olhos qualquer companheiro, acrescenta-nos. Os combatentes paraguaios obrigavam os prostrados brasileiros — desidratados, febris, evacuando uma gosma branquicenta, delirando a clamar por água ou evocar familiares em suas cidades distantes — a pedir perdão pela invasão do solo do Paraguai! A jurar a bandeira tricolor e também (e mais) a levantar-se, bater continência em saudação ao chefe supremo, Francisco Solano Lopez. Toda tragédia se resumirá aos ritos, um dia.

Muito debilitados, os soldados apenas resmungavam, pediam para que os deixassem morrer em paz, não se punham em pé; alguns paraguaios ficaram bravos, irritadiços. Logo em seguida, deram de provocar e humilhar os brasileiros dizendo numa mistura de espanhol, guarani e português — os idiomas da fronteira, dialeto da guerra:

— *Bamo negrito! Levántate, macaquito!*

— Tão se cagando tudo, né, macacada?! *Djahá kamba*!

— Parem de mijar pelo *trasero* e *lutchem! Donde foram los valientes?*

Um dos coléricos abandonados mal pôde se ajoelhar e gaguejou que era brasileiro, queria morrer em paz... Bastou para que um dos paraguaios o xingasse, desse um tapa na cabeça do infeliz, jogando o quepe longe, e, tomado pela fúria, num só golpe enfiasse a lança em seu peito. O soldado berrou de dor, morrendo. O paraguaio ainda exclamou:

— *Petición cumplida*[1].

Foi como uma ordem proferida! Como se uma missão tivesse sido anunciada! Os paraguaios foram gritando aos brasileiros, ordenando que se ajoelhassem, para então lançarem-se a degolar os negros e moribundos soldados do Império. Muitos rasgavam o pescoço da vítima num talho de onde esguichava um jorro de sangue. Alguns foram de tamanha crueldade que ergueram as cabeças ensanguentadas, separadas dos corpos, decapitadas.

Vendo seus irmãos de farda sendo mortos daquele jeito, os menos debilitados tentaram se levantar e correr. Salvar-se. Receberam uma saraivada de disparos que os foi derribando feito bonecos na tenda de tiro ao alvo de um parque de diversões. Taunay chamou de "um vivo estrépido de fuzilaria" o tiroteio. De nada adiantou chorar, pedir clemência, implorar piedade. A fúria se alastrou sobre os restantes: foram sendo sacrificados um a um, esbofeteados, chutados, espancados com o cabo das armas, pisoteados, puxados pelos cabelos pixains (os que os tinham compridos) e degolados... Como eram poucos paraguaios, cerca de 30 (e nem todos se lançaram à sanha), muitos doentes se arrastavam tentando se esconder ou fugir. Os paraguaios os perseguiam, trocavam de *juguete*[2]; iam buscá-los aqui e ali na clareira, falando obscenidades e escarrando provocações vis; puxando pelos cabelos, pelas orelhas, pelos braços, punham-nos ajoelhados e zás!

Assim todos foram sendo chacinados, lancetados. Muitos estripados pelas baionetas que faziam de seus abdomens, seus tórax e suas costas peneiras, restando seus cadáveres retalhados pelo frio e prateado metal como que se fossem animais de caça, porcos.

Daqueles restos de carne humana minava e borbulhava o vinho rubro das veias, escorrendo em grossos regos pelo chão coberto pelas folhas verdes *marchitando*[3] da clareira recém-roçada. O perfume do ar recendia a sangue, aroma de folhas murchas e terra molhada.

Negros eram todos, pretos, fulas e mulatos, antes do momento derradeiro. Em meio ao choro, aos gritos de desespero — pois a morte é a mãe das religiões —, podiam ser ouvidas certas evocações:

— Oxalá, meu pai, tua vontade seja cumprida!

— São Jorge, meu padrinho, um dia me vingue!

— Omolu, me cobre agora com seu manto!

— São Benedito, livre-me do sofrimento eterno!

— Meu pai Xangô, dá-me perdão se não cumpri minha sina!

— Sagrado Coração de Jesus, receba-me em teu seio de amor!

— Maria, Mãe de Deus! Agora serei seu filho no reino da Glória!

E também:

— Omolu, no teu reino não fico só!

— Chego já montado no cavalo de Ogum, com tocha clareando as sombras...

— Omolu, o invencível.

Então, de repente, caiu um silêncio na mata, nem o vento soprava, nem pássaro piava, nem formiga cortava. A manhã, sem nuvens, parecia de umbrosa neblina; a luz do sol se encolheu, chegando a parecer pouco mais que o lume duma lamparina. Os paraguaios deixaram de rir, de gargalhar, de soltar seus gritos de escárnio, mal se olhavam agora também. Limpavam as armas nos poucos pedaços de pano intactos das próprias vítimas. Recolheram aquelas que haviam ficado perdidas no atropelo da "luta", largadas em meio ao chão ensopado de sangue: sabres resvalados, espadas trocadas, o mosquetão jogado depois do tiro — tudo meio escondido debaixo de carne morta, de ossos, algumas cabeças, detalhes dos corpos. Sobraram em números mais de 130 cadáveres com o imperial fardamento em frangalhos... 13 decapitados, 88 lancetados, 49 degolados, 12 esquartejados, 22 baleados, 58 perfurados e retalhados por baionetas — ali jazem, à beira do córrego, os homens negros mortos, soldados do Imperial Exército brasileiro.

Foram minutos que pareceram horas. Mas daí escutaram-se os ruídos da Coluna que reencetava a marcha.

Os paraguaios montaram em seus cavalos ajaezados que bufavam satisfeitos, tilintando os metais da tralha com os abanos de cabeça num trote malicioso, percebendo que regressavam até onde estava seu comandante, coisa de légua pros rumos do Apa.

Na fronteira, tenta-se esquecer do episódio; não é dos mais comentados sequer nas rodas de tereré das praças e seus pontos de táxi, ou na roda da barbearia; nem mesmo muito citado nas salas de aulas. Tampouco nos velórios mais concorridos! Nem sempre aprendemos com as tragédias; ao silenciá-las, fingimos não saber do ditado bíblico: aquele que cala, consente.

Os 130 do Cambaracê não foram velados nem sepultados com dignidade merecida: viraram repasto pra lobinho, onça, carancho e urubu por semanas. Um grupo de paraguaios que pensou em remediar a situação na manhã seguinte (dando sepultura cristã aos defuntos) mal pôde chegar perto, pois a quantidade de cadáveres apodrecendo era a quintessência do mau cheiro, moléculas de fedentina! Puseram as tripas pra fora, os bofes, vomitaram, chamaram o Hugo! E consta-nos também que as chuvas de maio — muito lacrimosas e intermitentes — foram desaconselho e notório impedimento para que "os assassinos se transformassem também em coveiros". Nossa vida: *Kamba rasê... Avá rasê... Karaí rasê.*

Se fossem brancos, não teriam sido todos abandonados. Embora Taunay informe que os próprios doentes estivessem resignados e aceitando a própria — má e fatal — sorte: "E, coisa que a muitos parecerá não menos espantoso, os próprios coléricos, desde os primeiros momentos, e sem que fosse necessário recorrer a subterfúgios, resignadamente aceitaram este último golpe da fatalidade" (*RdL*, p. 113).

Diz-nos também que: "era preciso estar lá, rodeado de todas aquelas tremendas contingências, para decidir." E complementa: "Responsabilidade que, aliás, o mal-aventurado Camisão assumiu para si, por inteiro; todos teriam morrido de peste, não houvesse sido tomada aquela deliberação crudelíssima".

O abandono dos *cholericos* foi qualificado como difícil, feio, cruel, nada nobre. E não escapou à crítica internacional, em especial dum prestigioso membro da Academia Francesa, senhor Cuvillier Fleury. Taunay, respondendo ao acadêmico sobre o abominável, covarde e indesculpável ato, admite que, se houve "culpa e até crime", todos foram expiados pelas agruras e remorsos passados, mais a tal "altivez de consciência" — ele mesmo anuindo com a "terrível decisão". Contudo, salienta que o próprio Camisão morrera tentando salvar a Coluna (ou a maior parte das gentes que a engrossava) e tomara naquela noite a decisão "única no caso que poderia nos salvar".

Não obstante, suas preocupações com o fato o fazem contradizer a data do episódio: em *Retirada da Laguna*, podemos deduzir que ocorreu dia 26 de maio — preferencialmente, mas também 25 de maio. Em *Dias de Guerra e de Sertão*, há uma nota (p. 160) referindo-se ao acontecido assim iniciada: "Esse horroroso dia foi 24 de maio de 1867". As respostas e os arrazoados sobre o episódio atendendo à crítica do senhor Cuvillier Fleury também estão na nota da obra citada logo acima.

A data é conflitante e perturba as recordações de Alfredo enquanto narra as desditas da Coluna por aqueles dias: sofrendo ataques dos paraguaios com fogo nas macegas tentando cercar os retirantes, tiros e investidas com armas, chuvas torrenciais com ventania e raios, epidemia, falta de comida, o pesado e lento carregar dos coléricos, as deserções... Eram tantas coisas pra se lembrar, tenente! E algumas para se esquecer. Outros detalhes a nos confundir.

O Cambaracê já é uma lenda da fronteira? Ou um segredo mal guardado?

O escritor Jorge Luis Borges diz que as lendas guardam semelhança entre si ao redor do mundo e que elas sofrem acréscimos, tonalidades e influências ao serem narradas. As lendas podem ser reinterpretadas e transformadas, mas — segundo o mesmo Borges — nem sempre com "acuidade intelectual ou pureza de caráter". E para comprovar indica o poema épico de autoria de Asvaghosa sobre a vida e os ensinamentos de Buda. Nele descobrimos que Sidarta encontrou o caminho da iluminação ao passear pela cidade: quando então pôde ver um velho, um doente e um morto, e assim foi-lhe revelado que todos no mundo estavam sujeitos àquilo. Entretanto, viu também, no quarto portão, um monge asceta, neutro, com vestes alaranjadas, seu semblante refletia a paz do destemor para com a morte ou a serenidade do desquerer às coisas da vida.

Os 130 do Cambaracê são reflexos da doutrina de Buda no espelho da história!? É um fato, pode tornar-se um poema épico? — um conto, uma peça de teatro! É um arquétipo junguiano, um caleidoscópio dos quatro elementos, um palimpsesto homérico!? Hein!? Fricciona o Norte ao Sul, ocidente com oriente, o preto no branco, guerra com paz? — para ser uma lenda da humanidade, universal e planetária?

Seu número exato parece que ficará, pra sempre, incerto — como as lendas. Taunay (*RdL*, p. 114) diz que deixaram "entregues ao inimigo mais de cento e trinta coléricos" e, no início do capítulo XVII, comenta que, quando se efetuava a travessia do rio — por volta das 10 horas da manhã do dia 25 de maio de 1867 —, o número de padiolas era de 96. Acyr Vaz (*História dos municípios*; p. 106) cita que ficaram às margens do ribeirão "135 coléricos, dos quais 76 eram soldados, e o restante, do pessoal agregado, índios, civis, mulheres e crianças".

130 é número redondo, simbólico, inteiro, bastante e cabal.

Sei que o episódio possui as características, o fado e o destino da fronteira: os 130 eram jovens, estavam doentes, foram mortos. Sabendo das derivações e reescrituras da lenda de Buda, desmentidos e correções, podemos juntar a elas os 130 do Cambaracê como um apêndice? Um mau exemplo ou uma insolência? (Nenhuma dessas características falta nas derivações da lenda sobre Buda, escreve o filho de dona Leonor.) Borges, pressinto, esboçaria leve sorriso com o olhar perdido no infinito, sentado na melhor poltrona de minha sala, daria algumas pancadinhas com o bastão no piso de ladrilhos, disfarçando com placidez a contrariedade pela impertinente comparação que fiz do destino dos homens (para ele, a fronteira não faz parte do mundo) e, também, com a demora do café.

Dois coléricos abandonados regressaram do inferno, conseguindo escapar da sanha dos paraguaios — sempre há os fiapos de retalhos entre os dentes do lobisomem —, ambos do 17º de Voluntários da Pátria. Completaram a Retirada da Laguna e seguiram seus destinos de morrerem velhos. Sem tipos como esses, a literatura padeceria de nanismo e aridez, duas de suas maiores tragédias.

Um deles foi o cabo mulato Calixto de Andrade, que chegou, "dois dias depois esquálido, quase nu", ao acampamento à beira do rio Miranda (mas Taunay — linhas adiante — informa a chegada deixando transparecer que o dia foi 30 de maio de 1867, um dia após a morte de Carlos Camisão e Juvêncio Menezes e quatro depois do episódio). Quando os paraguaios atacaram a clareira, ele, cabo Calixto, tinha se afastado até o ribeirão, sedento, e ali permaneceu deitado, bebendo água de tempos em tempos, o quanto as poucas forças lhe permitiam. Por milagre, os paraguaios não o viram. Quando o inferno terminou e recuperou as forças, Calixto seguiu os rastros da Coluna; então, aí sim, foi visto e abordado pelos paraguaios. O tenente nos informa que, vendo o "estado em que o pusera a moléstia", os paraguaios se divertiam batendo com o "conto das lanças", jogando-o ao chão muitas vezes, torturando-o, humilhando-o mentalmente. Calixto pedia que não o matassem. E os paraguaios — dessa vez — escarneciam e respondiam que não matavam defuntos... Explicavam: "queremos é o teu comandante".

O outro escapado da morte foi o soldado Cosme Bispo, negro; dos dois, quem primeiro levantou e logo foi socorrido, pois tinha uma amásia ameríndia chamada Rita, que se juntou a ele em Nioac, seguindo a Coluna (isso em janeiro de 1867 — já se está em maio). Na clareira, madrugada, Rita levava água com jujo em porongo escondido dos médicos e oficiais para o companheiro, isso evitava de ele também rastejar e ir beber água no ribeirão. Estava entre os que possuíam ainda alguma força e tentou correr para salvar-se quando os paraguaios puseram-se a lancetar e degolar os imperiais. Não foi atingido pela saraivada de tiros por milagre, mas se jogou ou caiu ao chão com alguns baleados por perto, amontoados, preferindo fingir-se de morto. Decidiu isso no instinto e obteve mais um milagre! Os paraguaios também não o pegaram, e assim ele seguiu vivo, escapando da degola e/ou das baionetas, espadas, lanças... Cosme mais a companheira Rita chegariam perto de Nioac, aí abandonariam a Coluna e construiriam rancho, tendo tido mais de uma dúzia de filhos. Depois trabalharia de peão com a Viúva — Senhorinha Barbosa.

Calixto de Andrade Medeiros viveria quase 100 anos de volta às Minas Gerais, em sítio no que hoje é Uberlândia. Em 1919 teve sua versão da aventura, milagre e epopeia da Coluna recolhida e publicada pelo Dr. Godofredo Rangel.

Cosme Preto ficou por aqui — fronteiriço, como vimos —, chegou perto dos 90 anos; morreu baleado por um tiro mal destinado num entrevero de valentões bêbados discutindo em carreiradas de cavalos na Fazenda Margarida.

Os dois — Cosme e Calixto — deveriam estar entre os coléricos que se fartavam "a passar longas horas a devorar montes de laranjas de que mal deixavam alguns restos" do pomar da Fazenda Jardim, de José Francisco Lopes — já então vítima do vibrião —, quando estavam acampados esperando a vazante das águas do rio Miranda. Enfermos, fracos, é certo que não atravessavam o rio cheio a nado, arrastando os sacos de laranjas amarrados em cordas que punham na boca, "os varões forçudos completamente nus", enquanto remavam com os braços e batiam pernas vagueando o rio; assim, sãos e valentes, traziam algum alimento para aplacar a fome dos muitos da Coluna. Distante de suas terras, Senhorinha Barbosa — sem saber ainda que enviuvara outra vez —, mais os seis filhos e centenas de parentes, seguia prisioneira em *Capilla Orqueta*, perto de Concepción, no Paraguai.

O nome com que o riacho e o local ficaram batizados (os acontecidos já conhecemos) ganharam duas versões de sua possível origem; ambas improváveis tanto quanto plausíveis, tomo-as por verdadeiras. A primeira diz que veio da resposta do paraguaio ao seu comandante quando este perguntou o que havia acontecido com os doentes abandonados pela Coluna. Ele foi incisivo:

— *Kamba rasê* (negro chorando, negro que chora, negro chorou, choro de negro).

A outra foi quando a bugra Rita saiu duma moita de mato ali perto, onde esteve escondida (dos paraguaios e dos oficiais da Coluna, presumo), e foi tentar encontrar o companheiro Preto Cosme em meio ao tapete de cadáveres. Avistou-o perto do riacho, dormindo feito um bicho, parecendo morto. Ela se agachou e o despertou, estendendo-lhe a porunga com água de jujo. Sentou-se ao seu lado e abraçou Cosme. Enquanto ele bebia a água, ela nheengou baixinho sua emoção, no idioma que Cosme já ia entendendo; o principal falado por ela, o guarani:

— *Kamba rasê...!*

O português ela compreendia bem, mas falava muito mal, e só bem expressamos nossas emoções na língua *Sy*, mãe primeira, pioneira. Preto Cosme a enleou com um braço (no outro ainda mal segurava a porunga), um murmurou baixinho perto do ouvido do outro:

— *Ahayhu... kuimba'e kamba, mio nêgo, mboriahu* — disse ela.

— *Che rohayhu, mia buga, nega sinhá!* — disse ele.

O amor é poliglota, diria até que se faz entender melhor entre silêncios e gemidos. Ai-aiaiaiaiai de quem não é versado nos idiomas do amor.

Hoje as águas do Cambaracê correm quase límpidas, suas matas ciliares ainda resistem. Até quando...? O local monumento fica cerca de cinco léguas de Jardim, quatro quartos dessa distância em rodovia asfaltada, indo no rumo de Porto Murtinho, BR-267 fronteira adentro. Todavia, essa água volta e meia reflete em dias de sol no zênite — *asajepytê*[4] — certa tonalidade transparente das lágrimas... Seu marulhar macio tem os ruídos do choro. Nos dias chuvosos, fica barrenta, tinta, hemorrágica, cor de sangue... Encarnada — assegurou-me minha bisavó.

Há os que lá se recusam a ir! Dizem que no local ainda se escutam lamentos, gritos de dor, prantos desesperados — e choros contidos quase uníssonos ao marulhar do regato. Escutam-se também esturros de touro, gargalhadas, balidos, imprecações, miados, impropérios, relinchos e polaqueiro de tropa... O mal, as maldades, as almas penadas ainda campeiam por lá, confirmam os trágicos.

Na guerra não há inocentes em nenhum dos lados. Se os há, com ela se transformam e deixam de ser. Sábios pensadores greco-romanos, desde lá bem antes no tempo dos calendários, nos ensinaram. Logo, sobram todos injustiçados. Inclusive os filhos da piedade, incompreendidos e tidos como adotados pela pieguice.

Agora, neste momento, meu suor frio nas axilas, meus pelos arrepiados pelo corpo e meu pensar contrito avisam-me de que nem escritor e leitor tampouco são mais inocentes. São, sim, negros chorando. Só os poetas fingem! Mas há quem finja ser poeta.

— Arre! *Kamba rasê*. Cambaracê.

Mas em verdade, o que somos? Os doentes mortos, os que os abandonaram para que morressem ou os assassinos que os mataram? Ou os três? Só um desses merece o onírico elogio do seu perdão, leitor. *Victis honos*[5].

Nove dias depois de me julgar satisfeito com a conclusão deste texto, Borges me veio em sonhos a dizer que os 130 do Cambaracê são sobreviventes da Arca de Noé, filhos de Cam. Mirei-o ainda sonolento, pensando ser muito fácil e também compulsória a ilação com o Gênesis que ele me propunha. Mas não me permitiu sequer um resmungo: afirmou-me de chofre que não há registro nem menção de algo assim como o episódio do Cambaracê: seja na literatura chinesa, seja na romana — as mais respeitáveis quando o assunto é "a arte de matar", *bellum*[6].

Longínquas são suas semelhanças com Acosta Nhu, Curupaity ou Itororó...? — fiz sondagem. Talvez algo de Boiacá ou Carabobo? — aventei. Com Poncho Verde, sim! Tem... — cutuquei. Potrero de Salsipuedes, Yacaré-Cururú...? — apostei, sabendo de sua afeição pelos orientais. E com as tropelias da Campanha do Deserto, não?! — insinuei com acidez. Fui ignorado.

Após um silêncio solene e sensível, Isidoro me postulou que seriam "da estirpe dos homens pré-adâmicos os tais 130 do Cambaracê!". *Madrecita, yo lo creo*!! Imortais do paraíso primevo!? Axé, Babá! *Nhande Ru*! *Pachamama!* — invoquei entusiasmado! Seu olhar, mesmo cego, me petrificou. Mitologias perante animismos literários.

Acordei assustado e não pude ouvir a resposta para minha indagação sobre a comparativa com a descoberta do caminho iluminado de Sidarta e o episódio dos 130 do Cambaracê. Velho impertinente! — resmunguei agastado —, mesmo sabendo que o adjetivo me tinha sido dado por ele primeiro. Foi aí que vi, atarantado, que Don Isidoro esquecera seu bastão de madeira escura escorado na cadeira de balanço em que esteve sentado no quarto. Estava caduco ou *Ele* o deixara como prova de sua visita?! *Homo ludens*[7].

Desde então, seu respirar ofegante que mal consegue falar, o rangido da cadeira balançando e os tuc-tucs da bengala ninam e também perturbam o sono de minhas noites até quase o amanhecer — que chega com aroma de café sendo coado, arrulho de pombos, canto distante de galos e cães latindo. Já despertei muitas vezes escutando o tiroteio dum fuzilamento; assustado, chorando — que é como nascemos.

Troco meu pijama pela farda surrada, lavo a cara e nem sempre escovo os dentes ou ajeito os cabelos. Corro pra cozinha pra tomar café que a paraguaiúcha morena e caolha Clotilde Cruz coou. Ela quase sempre já está cantarolando com o rádio ligado: *Kamba kuá*[8]. Intuitiva, sabe que tive meus sonhos perturbados pelas passagens do tempo da guerra, mas pergunta se vou querer um prato de arroz carreteiro com ovo bem frito. *Pia fraus*[9], enquanto cantarola, finge não ter notado que andei chorando. *Kamba rasê.*

Notas:

1 — pedido atendido — em espanhol;

2 — brinquedo — *esp.*;

3 — murchando, *esp.*;

4 — meio-dia — em guarani;

5 — Honra aos vencidos — em latim;

6 — guerra, *lat.*;

7 — Homem que brinca, *lat.*;

8 — canção muito popular, folclórica; *lit.* buraco dos negros, quilombo, gueto de negros — em guarani;

9 — Fraude piedosa (logro, fingimento com boa intenção) — em latim.

Nhandipá

Se pudéssemos esquecer a História, esqueceríamos. Então íamos viver fingindo ter rumo traçado pelos deuses. Mas guerras do passado nos ensinam a evitar as do futuro. Duas sempre serão as causas duma guerra: a maldade e a ignorância. Esses comentários e reflexões — se bem me lembro — escondem-se no *opus ars bellicus* de um dos mais influentes autores romanos e vieram-me à cabeça dia desses, creio que por haver telefonado para Iracy Gonçalves Pires no dia do aniversário dela: dois de abril.

Gostei de me lembrar do aniversário, gosto de me lembrar (recordar é no mais das vezes um gesto de gratidão), mas também sinto quão antigas e estranhas são certas coisas que lembramos. O ditado latino sobre História, o telefonema, recordações de criança soam como aparições quase ilógicas. O telefonema trouxe o comentário do autor romano; este, uma cena rememorada de minha infância na fronteira. E uma palavra!

Não sei por que ainda me surpreendo como o tempo presente nunca fica nu. Há sempre um parelho de roupa do passado, mesmo amarrotado, do qual não conseguimos despir o presente. *Historia magistra vitae*[1].

Nhandipá. A primeira vez que escutei a palavra, eu deveria ter meus sete anos e recuperava-me de uma cirurgia para extirpar as amígdalas. Nhandipá! Nhandipá. Nhandipá... A palavra me atraiu por demais — e perguntei o que era.

— Nhandipá? Essa palavra deve ser coisa de paraguaio! — respondeu-me meio distraída Iracy Gonçalves Pires, minha então babá, à qual depois acrescentaria o "título" de comadre. — É coisa do tempo da guerra, de muitos anos atrás! Agora, em guarani, num sei o que isso quer dizer — falou-me.

Perguntei então para a Catarina Lopes, que lavava, passava a ferro e guardava a roupa de todos da casa. Ela estava comigo no quarto colocando minhas roupas na cômoda (o guarda-roupa era para a predileta mimada e chata da minha irmã):

— Nhandipá! — ela quase gritou. — Agora você deu pra querer aprender guarani!? Maaas êêh, guri! Larga mão disso, Jaminho! Isso é coisa da guerra! É coisa dos paraguaios, de gente morta! Muita malvadeza. Ôh, meu Deus! Até deitado por causa da sua operação você quer ser arteiro? Fica perguntando, querendo saber?!? Esquece disso, viu? — mandou.

Fiz carinha de doente obediente e acenei que sim com a cabeça; ela sorriu satisfeita e virou-se para terminar de arrumar as roupas passadas, cantarolando *Algo* fácil de olvidar[2]. Só que o conselho, a grita, a censura por ela revelada — tudo só acendeu mais minha curiosidade. Não me esqueci.

— É o nome de um monumento em homenagem aos soldados paraguaios mortos na guerra; fica lá em Bela Vista — falou-me Fermina dos Reis, minha outra babá, ela mesma filha de um gaúcho com uma paraguaia, nascida numa fazenda em Guia Lopes da Laguna, cidade cujo nome homenageia um herói da guerra e morador pioneiro destas bandas. Quase três anos depois, Fermina deixar-me-ia órfão enlutado. *Nhande opá.*

O monumento de Nhandipá consistiu — pela vez primeira — numa cruz de madeira em cujo braço horizontal um soldado paraguaio escavou/escreveu *ñande opa* em guarani, com a ponta dum punhal. A cruz mandada fincar no local pelo Major Martin Urbieta, um dos comandantes paraguaios (sempre penso que ele superou seus maiores orgulhos para fazer isso e ali obteve a maior lição da sua vida), e de lá para cá foi reformada, modificada, reajeitada em algumas ocasiões. No monumento sempre aconteceram e muitas vezes se viram cerimônias com notáveis sentimentos de fraternidade, de humanismo, entre paraguaios e brasileiros, mesclados aos lamentos de pesar, ao louvor às bravuras e, também, às glorificações da coragem dos que lutaram no conflito. Algumas expressas em discursos militares acalorados:

— A guerra é desumana, mas feita pelos homens.

— Guerrear é um ato de bravura, em nome do covarde que a contenda iniciou.

— Muitos morreram lutando uma causa vã, pois não era sua; a si e a comunidade, nada melhorou com a guerra.

— *Sunt lacrimae rerum*[3].

— A coragem para lutar é, muitas vezes, um jeito de se morrer e conquistar a eternidade.

— *Qui gladio ferit gladio perit*[4].

Nessas cerimônias eu ia levado por meu "padrinho de consideração" — sargento Arlindo dos Santos —, e sempre estava presente ao menos um pelotão da cavalaria do 10º RC (onde ele servia). Isso aconteceu umas três vezes, pelos meus oito, nove e dez anos — talvez até meus onze. Eu ficava encantado com aquele tanto de cavalo; com a diferença nas cores de suas pelagens; com o garbo e o brilho da pelagem deles; com a banda do quartel e os hinos que ela tocava! Hoje, também sei que não me saem da memória a Bela Vista com o friozinho das manhãs de maio, o vozerio guaranítico e espanholado daquela gente que ali comparecia e o cheiro a silagem da bosta dos cavalos.

Nhandipá fica do lado brasileiro definido pelos Tratados de 1872 (Paz Perpétua & Limites; Extradição; Amizade, Comércio & Navegação) que estabeleceram as fronteiras entre os dois países. Nestes dias, 150 anos passados, próximo ao cemitério do bairro de Água Doce (a vizinhança não seria mera coincidência), onde jazem os restos mortais de Senhorinha Barbosa (1823—1913) e do Capitão Muzzi, João Caetano Teixeira Muzzi (1846—1908), ambos, heróis da guerra; ela sobreviveu com seis filhos pequenos no campo de prisioneiros de *Capilla Orqueta* — fora levada de sua residência na Fazenda Jardim, à margem direita do rio Miranda, pelas forças de Isidoro Resquim; Teixeira Muzzi esteve em vários combates, inclusive no próprio Nhandipá, é considerado o primeiro "divisionista", cidadão a propor (ou vislumbrar) a cisão do Mato Grosso. Senhorinha foi sepultada no cemitério mesmo; Capitão Muzzi teve os restos mortais trazidos do Paraguai, lá morrera em exílio.

Quando visitei Nhandipá, 40 anos depois, o monumento estava meio degradado. A moçada se reúne ali para farrear e bater papo, também namorar. Havia o resto de um despacho esparramado pelo chão, muitas flores murchas, velas apagadas, garrafas quebradas (de conhaque, aguardente e Cinzano), dezenas de bitucas de cigarro, um pé de sandália feminina de salto plataforma na cor roxa, dois preservativos usados, uma garrafa pet verde de dois litros — tudo abandonado no local. Os bancos quebrados, pichações na cruz, nos esteios que sustentam a placa de madeira com a pintura descascada. Mas ainda pode-se ler o entalhe: Nhandipá.

A palavra Nhandipá é o aportuguesamento da expressão guarani "*Nhande opá*" — algo assim como: nós acabamos, nosso fim, nós chegamos ao fim; *nhande* (nosso, nós), *opá* (acabou, terminou, fim, sem). Em nota, Brígido Ibanhes (p. 128, *Chão do Apa*) afirma que a tradução literal é: "Nós nos acabamos todos." Teria sido essa a fala de um soldado paraguaio ao ver os estragos feitos pelos disparos de quatro canhões (bocas de fogo) quase simultaneamente sobre o avanço do grosso da cavalaria republicana que intentava auxiliar a linha de frente de cavalaria e a infantaria já em combate com os brasileiros imperiais, os quais desejava pegar "de surpresa" logo após estes terem atravessado o rio Apa e retomado caminho rumo a Nioaque.

Um dos bugres, sentinela dos retirantes, avisou *ghodaxacene*![5] com alguns minutos de antecedência e salvou de destruição completa a tropa de forasteiros deslocada para o longínquo rincão com missão de contestar à altura o acinte, o arbítrio e a violência da invasão paraguaia impetrada à província de Mato Grosso em dezembro de 1864 e que se prolongou até abril de 1865, comandada por Isidoro Resquim e Martin Urbieta nas ações terrestres; mais Arturo Barrios, avanço fluvial.

A *pelea*, batalha ou combate de Nhandipá estourou então logo após a travessia do rio Apa, prometendo ser assaz encarniçada: "Foi quando numerosos grupos de cavaleiros apareceram, a galope, derribando e acutilando a quantos encontravam!" A ponto de os artilheiros do Império duvidarem se mandavam fogo ou não, receosos de acertarem mais amigos que inimigos. E olhe que Marques da Cruz, Napoleão Freire, Nobre de Gusmão e João Tomás da Cantuária eram "tão hábeis quanto bravos, todos dignos êmulos uns dos outros" e esforçados em cada qual melhor manobrar "nossas peças raiadas de calibre 4, La Hitte", eles chefiavam o "corpinho de artilharia vindo parar no Mato Grosso pelas mais singulares e extraordinárias peripécias", nos relata Taunay em *Dias de Guerra e de Sertão* (p. 100), informando ainda que este era "composto pelos pequeninos tapuyos daquella longínqua paragem", tendo como *commandante* e *officiaes* os companheiros do Tenente Taunay na Escola Militar, citados anteriormente.

Decidiram por atirar. Foi quando apareceram mais uns índios (os tais tapuyos) sentinelas lhes indicando que mirassem na grota, depois do declive da colina que frenteava uma nesga de mata: era ali o alvo necessário de ser atingido. Este aviso gritaram os bugres Teteneke, kadiweu — *atopenigi mini lewaga*![6]—, o guaná Mariano João mais o layano Joaquim Lopes. Como os artilheiros parecessem não lhes dar ouvidos, acenaram para mais uma meia dúzia de patrícios que entenderam gestos e gritos e acorreram. *Awita nolede! Awita nolede!*[7] Em meio à balbúrdia, tiroteios, percutidos de armas brancas, os bugres tomaram os canhões já acesos ou acenderam os apagados e, num esforço, os apontaram para o alvo; "os canhões assestados nos ângulos despejaram nutrido e vivo fogo, cujos projéteis atingiram a grota onde se alojara o grosso do inimigo".

O estrondo foi ensurdecedor, em sequência, seguido do ribombar em eco do cuspe de fogo das canhoneiras, dos relinchos de cavalos e homens, "juncando o solo de mortos e feridos". Foram uivos de agonia. Acyr afirma que Taunay relatou (mas em meu exemplar não encontrei a passagem... talvez por conta de uma página perdida, suprimida do livro) que o artilheiro Marques da Cruz avançou sua peça e disparou, com a granada zumbindo enquanto os soldados imperiais aclamavam o feito. *Neotagodo! Neotagodo! Neotagodo!*[8] O disparo foi atingir os cachos dum alto coqueiro-bocaiuva, daí ricocheteou e explodiu ainda no ar... Então, um pequeno silêncio se fez, e deve ter sido aí que se ouviu o grito de espanto filosófico do soldado paraguaio:

— *Nhande Opá!* Nhande opááá...!! Nhande opáá...! Nhande opáá...! oopáá...!!

Os paraguaios recuaram do combate a parte de sua cavalaria que já avançara e foram se reunir perto dos montes de carne morta em que haviam se transformado seus batalhões tocaiados à espreita pouco antes. Entende-se que confabularam rápido e regressaram de imediato, em decisão que pareceu mais instintiva que racional: saíram (com o restante de sua cavalaria) à cata do "nosso gado que, espavorido, disparara pelo campo", debandara com o barulho dos canhonaços... Diz o cronista: "acabando por circunscrever o seu esforço em apanhar nosso gado", até concluir: "cercá-lo, dominá-lo, tangê-lo para frente, foi para estes vaqueiros, os primeiros do mundo, obra de instantes". Tinham sido mortos uns tantos e foram parar rodeio recolhendo o gado, além de continuar lutando, os que sobraram...

Inúmeras vezes eu fechei o livro após ler essa passagem. Estaria eu alucinando, esquizoide? Ou o cronista-mor da epopeia e nosso favorito, autor da *Retirada da Laguna*, é que bambeava a pena, flutuava em pensamentos, curvava-se perante a razão?

Nenhum palestrante sobre o tema elogia paraguaios (mesmo sendo muitas vezes neto ou bisneto de um deles — ou ainda amante de uma ou um!). Gosta mais é de achincalhar e praguejar contra o supremo *mariscal* Solano Lopez. De carregar tintas sobre a selvageria e maldade do inimigo. De exibir (muitas vezes sem pudor) seu paroquialismo tanto quanto o omisso silêncio de sua ancestralidade e origem.

Foi nesse trecho em que conta sobre Nhandipá que o cronista pareceu mudar de rumo. As reminiscências rebuscadas para escrever a obra parecem lhe abrir nova consciência: Taunay se batizava fronteiriço... Diria que o escritor toma o lugar do militar produtor de relatórios.

Do relator detalhista, sempre pronto para elogiar os brasileiros, abrandar defeitos e minimizar despreparos, surge um narrador que se encanta com a paisagem dos campos e das matas de Miranda e Nioac naqueles idos... Aquidauana e Anastácio, hoje. Rememora dados históricos, descreve personagens do episódio; logo introduz crítica aos paraguaios — tudo isso caracteriza os capítulos iniciais de *Retirada da Laguna*.

Então, após os conflitos de seis, oito e nove de maio, quando o antagonismo das avaliações se acentua, percebemos que sua pena faz revoluteios, adquire tons mais suaves, oscilantes, e o sabor da razão se faz sentir. Já havia introduzido atos negativos — deserção, furto — e problemas relacionados aos brasileiros — logística falha, desconhecimento do terreno, problemas com o abastecimento da tropa, sugestão do humor pendular do comandante Camisão; já havia descrito elogios aos moradores locais civis que se juntaram à tropa... Até o momento no qual se topa com histórias de heroísmo, coragem ou covardia de homens e mulheres, de civis ou militares — sem se esquecer dos índios. De gente que luta pela bandeira auriverde imperial ou pelo pavilhão tricolor republicano. De Nhandipá em diante: a coragem ou a covardia, o heroísmo está nos gestos de quem o fez — não mais na nacionalidade que professa. Conquanto ainda as maldades maiores seguem tricolores e os heroísmos, auriverdes!

E ele, Alfredo, nosso cronista, persiste nas novas sendas, com os fatos ocorridos logo após Nhandipá: "Raro que se veja tão grande número de cadáveres paraguaios num campo de batalha" (p. 85). Depois informa que os paraguaios amarravam-se às montarias para, se mortos, não ficarem pelos campos; serem levados, mesmo que arrastados pelos cavalos, até o acampamento (no percurso, os restos mortais poderiam virar uma massa disforme e sanguinolenta de carne e ossos). O cronista resume em um comentário este dado: "Feroz precaução que não deixa de ter tal ou qual grandiosidade".

Do combate do Nhandipá, um único ferido paraguaio foi encontrado vivo. Diz-nos que "sentia dores, delirava" e que bebeu água avidamente. O comandante Camisão chama o filho de Lopes (o mesmo que morreria quinze dias depois, logo após o episódio do Cambaracê) para ajudar interrogá-lo, "pois este sabia o *espanhol paraguaio*" (grifo meu). Na verdade, o cronista quis dizer guarani, já que o castelhano dos paraguaios poderia ser entendido e traduzido ao coronel por vários membros de suas tropas... Nada tinha de indecifrável. O prisioneiro informou que o comandante das forças com a qual acabavam de *pelear* era Martin Urbieta, e este contava com 800 praças. Respondeu ao filho de Lopes se Curupaity fora tomada: Não! (*Tovekatu*) E Humaitá? Nunca! (*Araka'eve*). Sobre se a guerra estava no fim, o cronista relata que, "após uma pausa em que se lhe repetiu a pergunta, replicou o moço como saindo de um sonho, no tom de ênfase próprio de sua gente: a terrível guerra está dormindo!" (*añemongeko'ê kyhyje guasu* ñorairô*)*.

Chegamos a tocar no silêncio que se seguiu.

Nada mais de informações acrescentou o paraguaio — mas o cronista ressalta sobre a lealdade do soldado à pátria comandada pelo tirano marechal —; foi então o prisioneiro mandado "para uma das carretas da ambulância" e ali acabou estrangulado pelos brasileiros. Anteciparam em algumas horas seu fim.

Estes — os auriverdes imperiais — ainda caíram como um enxame feito de aves de rapina na soldadesca inimiga morta, estendida pelo terreno "coalhado de moribundos e feridos" no combate de Nhandipá. Com os oficiais do Império horrorizados, esforçando-se para "arrancar-lhes as vítimas das mãos", tentando evitar "a chacina" dos que ainda viviam e o "saque desenfreado a que se entregavam" os mascates e acompanhadores do exército, também reclamando as mulheres o seu quinhão — fosse dos feridos, dos moribundos ou dos mortos.

"Eram os corpos despidos e revistados; despojos sanguinolentos que passavam, de mão em mão, como mercadorias, muita vez com violência disputados."

O cronista qualificou os saques como "cenas deploráveis". E eu que recordo o cheiro da bosta dos cavalos quando penso em Nhandipá!!?? Mesmo lendo, não consigo evocar o odor de sangue nem dos cadáveres ainda insepultos, mas escuto o zunzum duma revoada de moscas e enxergo o sobrevoo dos urubus.

Ficaram registrados sobre o combate do Nhandipá — óbvio — também o heroísmo e a coragem dos brasileiros no *Retirada da Laguna*, assim:

Do tenente Palestino, comandante do batalhão de vanguarda, que teve o peito atravessado por um lançaço "de que dias depois veio a morrer", mas seguia vociferando ordens de incentivo e ações. Também lemos nota e descrição sobre o grito do tenente Raimundo Monteiro para que a companhia que comandava lhe vingasse a morte enquanto era levado numa padiola — fora apanhado durante o combate "a esvair-se em sangue".

Da Preta Ana, mulher de soldado, que a todos os feridos tratava e consolava rasgando as próprias vestes (antecipando nessa empreita os cuidados, determinações, pertinentes à administração militar, mas postergados pela imprevisibilidade do ataque); Alfredo afirma que a Preta Ana "desvelara-se por todos os feridos que lhe traziam", estando no meio do quadrado do 17º com as companheiras (mulheres que seguiam as tropas pelos rincões hoje sul-mato-grossenses), quase todas se abrigando debaixo das carretas.

Taunay salienta ainda o difícil atendimento aos feridos, apertados uns sobre os outros nas carretas e ali recebendo o "socorro que as circunstâncias comportavam". Do tenente Raimundo Monteiro, "valente filho da província de Minas", ainda descobrimos que sobreviveu à hemorragia por conta de oito lançaços, mais o pisoteio dos cavalos — não foi necessário que se cumprisse seu último pedido! Ou fora uma ordem?

Desconfio dos números de mortos apresentados por ambos os lados do episódio. Os paraguaios omitem e falseiam com visível solenidade as estatísticas e os eventos de Nhandipá. Sobre o combate, um texto publicado em Assunção, no sábado, 13 de julho de 1867 (quase exatos dois meses depois do fato acontecido, portanto) é de extrema superficialidade nesse quesito. Na verdade, é evasivo! Pois nos permite saber o número total das tropas brasileiras ao cruzar de regresso o Apa e ainda que estávamos divididos em quatro batalhões de infantaria e um regimento de cavalaria, "*cuatro piezas de cañon, y muchos índios Mbayás, sus aliados*". Das vítimas paraguaias em Nhandipá? Um traço indicaria a informação...

Do relato de nosso cronista favorito — e historiador-mor do assunto — sou forçado a revelar que os números dos combates anteriores (e de alguns posteriores) são contraditórios. Em suma: paraguaios e brasileiros são peritos em aumentar as mortes dos inimigos e diminuir as próprias; quando não falseiam, relativizam, além das perdas, as reais consequências e dificuldades impostas por uma derrota. Os combates da Machorra, de Laguna e outros mostram que a "literatura" avança sempre sobre relatórios que se gostaria fossem inequívocos — já que "imparciais" seria ingenuidade ou tolice pedir.

No Nhandipá, diz-se que morreram 184 paraguaios (cifra registrada na cruz original em homenagem aos mortos e que evoluiria sua arquitetura estética com algumas poucas mudanças para o monumento), tendo ainda cerca de 40 brasileiros abatidos. Penso que pela ferocidade e violência do combate — depreendidos da narrativa e de alguns comentaristas deste —, os números foram subestimados. É possível que mais de 100 paraguaios mortos possam ser adicionados à soma; e as quatro dezenas de vítimas brasileiras venham a ser multiplicadas por três, quatro ou até cinco. Taunay registra 230 mortos "de parte a parte" (nota, p. 86), cifra a meu ver pouco confiável, por sua paridade exata. Em *Dias de Guerra e de Sertão*, o editor volta a referendar a mesma cifra numa nota (p. 155). Nhandipá foi uma lição para Martin Urbieta: revelou-lhe que o orgulho, a presunção logística e as ganas pela vitória de um comandante não podem vir acompanhadas da falta de sorte — por ínfima que seja. A propósito: a cifra registrada na cruz é quase certo que veio de uma decisão dele.

A quem desgostar das afirmações, reconheço que não sou especialista nem aficionado estudioso de temas militares; se o faço é tão somente porque o "exame de admissão" histórico do chão que me coube nascer chama-se Retirada da Laguna (sem nos esquecermos dos capítulos: ameríndios, jesuítas, bandeirantes, militares e vaqueanos pioneiros). Contudo, cabe lembrar que os arquivos da guerra que poderiam lançar mais luzes e esclarecer dúvidas seguem lacrados a sete (ou mais) chaves, superando o tempo de 150 anos para "nosso segredo". Segredo... um nome eufêmico para retratar omissão ou censura, medo, covardia... Palavras que deveriam passar longe de qualificar instituição fardada.

Seria mesmo o arquivo da Retirada da Laguna nossa Caixa de Pandora? Macularia de modo indelével a história do Exército brasileiro? Conhecê-lo jogaria na sarjeta a imagem do imperador D. Pedro II, mais a do Conde D'eu (que, aliás, por aqui não estiveram nem pisaram)? E por que razão interessaria aos fardados proteger a imagem de uns paisanos "de merda" feito o sogro e o genro? Transforme-se o arquivo em acervo, faça-o virar "Documento" dando transparência e revelando tantos *segredos*. Aguardamos o ato de coragem faz mais de século! *Añetegua*?[9]

A Retirada da Laguna é um fato inconteste de nossa História ainda mal digerido. Uma parte da Guerra da Tríplice Aliança com vida própria, características peculiares — muitas vezes (quase sempre) um espinho cravado na garganta dos historiadores... Francisco Doratiotto mesmo, o grande autor de *Maldita Guerra* — "a mais abrangente e equilibrada obra feita sobre a guerra" —, em suas quase 500 páginas sobre o tema, reserva apenas nove sobre a Retirada, pouco mais de três linhas genéricas sobre Nhandipá! E ainda comete o desatino de redigir que as tropas chegaram dia 4 de março na antiga Colônia Militar do Miranda, "a doze quilômetros do Apa" (p. 124). A data procede, claro, mas a distância citada deveria ser *doze léguas*! Uma escorregadela do autor e dos revisores, pequenas falhas que vão revelando o mistério, a má vontade beirando o descaso, o desinteresse mesclado ao desprezo dos pesquisadores.

Nosso cronista diz, em *Retirada da Laguna* (p. 42), que o guia, José Francisco Lopes, chegou no dia — 23 de março de 1867 — ao acampamento da Colônia Militar do Miranda enquanto o Conselho de Guerra deliberava, vindo da sua Fazenda Jardim com um rebanho de reses que "ali entrara tumultuosamente" e muito mugia alto, respondendo "aos clamores (gritos de aboio) dos vaqueiros e peões", sugerindo que isto lhes permitiu sonhar e realizar avanço até Laguna.

Já no *Dias de Guerra e de Sertão*, recordando a data tão importante, liberta as asas da imaginação enumerando relatos da doença de seu imediato tratador do burro Paysandu, da mordida recebida de um cão que poderia estar raivoso e também da possibilidade ter sido vítima das armas brancas temíveis em poder dos pelotões paraguaios que vagavam pelas cercanias. Recorda, relembra, reflete. Taunay pareceu-me estar morto de saudade da fronteira, por isso divagou tanto e escreveu o que lemos na coletânea de relatos que é *Dias de Guerra e de Sertão* sobre o quase mês em que acamparam na Colônia Militar do Miranda — é-nos lícito pensar. Se não, trata-se de *cannabis impudica*.

Na *opus magna* de Francisco Doratiotto, este se esquivou de fazer um resumo, também se retraiu de elencar fatos e citar mais dados, pois percebeu que a Retirada da Laguna é outra coisa. Vai muito mais longe, abarca mais coisas embora esteja imersa na "Maldita Guerra". Teve pouco ou nenhum efeito no resultado do conflito; e mal serviu como resposta à invasão da província do Mato Grosso feita pelas forças paraguaias. Nem Sísifo — por Zeus! — rolou tantas pedras até o topo da montanha por nada...

Coisa de um ano e meio depois de minha primeira cirurgia na infância, passei por outra. Já estava quase terminando o tempo de repouso prescrito pelo médico, quando fico sabendo que Nhandipá ia virar filme! Na verdade, a Retirada da Laguna. Esteve em nossa cidade e região o grande diretor Nelson Pereira dos Santos: tomando opiniões, visitando locais históricos, se enfronhando com a intelectualidade nativa civil e militar de detalhes cruciais para o figurinista, o fotógrafo; para o roteiro e para os cenários...

Conseguiu apoio de vários fazendeiros locais que cederiam áreas para o *set* de filmagem. Visitou Nhandipá, Machorra, Laguna, Cemitério dos Heróis, Cambaracê; as ruínas da antiga Colônia Militar do Miranda — em Guia Lopes da Laguna. Foi ao local em que principiou (ainda mais para nós) a Maldita Guerra, na antiga Colônia Militar do Dourados — Antônio João de hoje. O que "pegou" para que o filme não fosse feito além dos conflitos entre as versões possíveis — uma realista, a outra idealizada — foi algo quase prosaico, de somenos importância, não estivesse no cerne de nossa história: o gado bovino. Já não existiam mais tantos rebanhos de tucuras, de gado antigão, franqueiro, de pelagens variegadas, de chifres longos, enormes. Gado cujos touros enfrentavam e venciam onças! Chegou-se a pensar em pintar a vacada branca e fazer chifres de isopor! Maquiar a zebuzada para parecer o gado das longínquas missões jesuíticas deixado pra trás, que sobreviveu bagual, xucro — depois seria encontrado e redomesticado pelos Barbosa & Cia! Pois justo os fazendeirões que ainda tinham gado da raça semelhante à que fora o gado de José Francisco Lopes — que sustentou o quanto pôde a tropa imperial — se recusaram a permitir que esse figurasse no filme, fosse tangido para o *set* de filmagem, atuasse nas cenas de marcha ou mesmo nas das encarniçadas batalhas (sendo Nhandipá a mais espetacular delas). Menos ainda nas cenas dos soldados carneando para alimentar o tanto de gente que fazia parte da Coluna — isso deve ter sido o maior receio deles.

Agora, até seria mais fácil: há um grupo de pesquisa da Embrapa e alguns criadores unidos para salvar o gadão antigo, que eles batizaram de Bovino Pantaneiro. Sinto vontade de *pregar* um grito para comemorar!

Sobre Nhandipá, em 11 de maio de 1867, o cronista Alfredo ainda afirmou:

"Enterramos todos os nossos cadáveres em cova que mandamos abrir pelos índios." (Malgrada a função pouco — injustamente — respeitável, é melhor ser coveiro do que defunto. Hoje, a guerra está um pouco diferenciada: mata-se, queima-se, não se sepulta... aos coveiros de antanho).

E do contingente de ameríndios que acompanhava as tropas da Coluna informa-nos que estes não saquearam cadáveres ou moribundos, "abstiveram os nossos índios de tocar qualquer forma humana animada ou inanimada", dominados pela "impressão das ameaças do coronel". Que presumo deve ter-lhes ameaçado com a perseguição por parte dos mortos-vivos.

Sabemos também que o comandante lastimou o abandono dos cadáveres paraguaios insepultos, mas "sabíamos que [*os paraguaios*] haveriam de voltar àquele local, após nossa partida" — justifica Alfredo. Acrescenta que o número de mortos era "muito avultado", e o sol ia alto, fazendo um calor "acabrunhador"; precisavam recomeçar logo a marcha para Nioaque. Onze de maio de 1867 foi um dia daqueles...

No entanto, diz dos índios que estes redobraram crueldade e ataques aos cavalos, "dos quais não pouparam um só", estivesse esticado no chão à espera da morte, rengos, ligeiramente feridos ou “a pastar todo ajaezado ainda”. O cronista foi muito severo ou superficial nessa hora. Um mbayá, kadiweu ou terena ou kinikinao ou layano, jamais mataria um cavalo sem motivos. Eles os sacrificaram — e talvez até mastigassem sua carne — por razões de estarem feridos mortalmente... Também não custa lembrar que os paraguaios haviam se apoderado do *djacaru*[10] da tropa brasileira tomando o rebanho de reses que restara. Estavam sem boia, sem provisões, cansados do combate e com fome.

A verdade pode estar também em outras paragens...

Os kadiweus têm por costume matar os cavalos do inimigo sobre a tumba destes, para que tenham montaria lá ‘do outro lado’ e não venham importunar aos vivos; mas poupam as éguas. Se assim aconteceu, o cronista não percebeu por estas serem laçadas e preparadas tal qual para um sacrifício! Enquanto os cavalos machos eram deveras sacrificados. Mas, na verdade, as éguas dali só se arribavam com as marcas do povo kadiwéu rabiscadas na pelagem do corpo todo, parecendo já animal da tropa dos guaikurus, o que foi mal notado pelo cronista. Em seguidinha, pelas horas que seguiram o combate, a tropa cavalar dos bugres deve ter sido acrescida de dezenas de animais... Como conseguiram a tinta de jenipapo para realizar o feito? Já levavam com eles para se pintarem pra guerra? *djaikuai/ajowogo*[11] — só que não renuncio um centímetro sequer da sagacidade destes tais índios cavaleiros!

Imagino aquela indiada pegando a eguada, pintando e catando os arreios pra mercadejar com o restante das gentes: os militares (de ambos os lados), os mascates, as mulheres...

Mais uma razão:

Foi dois dias antes do Nhandipá que o burro Paysandu escapou na hora do tiroteio deixando meu cronista sem montaria. Nesse dia, dando descanso ao burro, o cronista montava um cavalo reserva, cedido por Catão. O burro — bem sabe quem tem familiaridade com os assuntos da epopeia — era passarinheiro e assustadiço, volta e meia fazia o tenente “plantar figueiras” ao se assustar, derrubava o cavaleiro saindo em disparada... No entrevero de nove de maio, assustou-se com o pipoco dos tiros, correu para logo cair no laço de um paraguaio.

O cronista teve que negociar e comprar outra montaria para seguir acompanhando a Coluna (com essa montada regressaria à Corte). E quem negociou com os paraguaios e lhe conseguiu uma mula baia, baia encerada, sem nome, ximba, que passou para a história ao levá-lo até uma cidadezinha no Triângulo Mineiro, onde caiu "abombada"?! Quem? Isso mesmo, os mbayás. Escritor abelhudo chama essa mula baia do tenente de "o mais importante item de contrabando da história" saído do Paraguai para o Brasil. Em *Dias de Guerra e de Sertão*, o cronista afirma que o negócio foi tratado com um paraguaio "apelidado" Estigarribia. E reserva-se o direito de não citar os tapuios.

Páginas adiante — no *Retirada da Laguna* —, o tenente informa que os kadiweus deixaram a Coluna ao chegar ao rio Prata. Equivoca-se no nome do rio — tenho que deve ser o Verde — e nada fala sobre quantos eram (outro relatador, o senhor Acyr — o qual escreve sobre as montarias do tenente em sua vinda para o cenário da guerra e seu posterior retorno à capital do Império —, diz que estavam em "número já bastante reduzido") e se iam montados... E nem mesmo meia dúzia deles foi embora a pé! Foi? Mesmo muito tempo depois, redigindo o livro, o cronista ficou deveras abalado ao rememorar o episódio do Cambaracê, quase concomitante com a partida dos kadiweus e a morte do filho de José Francisco Lopes: nesse trecho da marcha e do livro, muitas de suas informações não se confirmam. A geografia dele ficou incerta.

Não nos custa lembrar que o tenente Alfredo esteve enamorado de uma mulher aruaque quando estava vivendo nos esconderijos dos Morros (Pirainha), território atual de Aquidauana. Parece que ficou bem mais de seis meses desfrutando *la historie d'amour*[12] enquanto aguardava (junto com parte da tropa) a chegada de Carlos Camisão para assumir a chefia da Coluna. Ele chega a dizer que pensou em tudo abandonar e seguir vivendo nos confins do mundo, desfrutando da paz e dos prazeres que o convívio com Alzira Terena (ou Dionísia, ou Domingas, ou Anísia) lhe proporcionava. Com os banhos de rio marcando-lhe sobremaneira! As pescarias dos índios e suas técnicas para cevar e fisgar dourados, pacus e piraputangas mereceram elogios; elegeu esta última espécie de peixe como a mais saborosa iguaria.

Dos pratos feitos com carne de caça — aves, em especial —, frisou a dos jaós e aracuans, caçados com "arapucas engenhosas pelos índios", pois não podiam dar tiros para não chamar a atenção e atrair as tropas paraguaias que ainda vigiavam a região (informa que as patrulhas paraguaias foram embora em agosto de 1866). Reclamou dos mosquitos e das mutucas (a quem qualificou como demoníacos voadores hematófagos), mas não do uso da rede para repouso e namoro... O tenente contava com 23 anos completos, tinha vigor, sonhos e habilidades de trapezista inerentes à juventude! Desse período — entre março e dezembro de 1866? — cita impressões das gentes sertanejas, dos diversos ameríndios aos quais já assinala saber diferenciá-los; da natureza, do estilo de vida e labor das gentes fronteiriças! Até fez gravuras e esboços dos morros, da rancharia...

Em maio de 1867, estaria ele tomando parte do Nhandipá — "Tal foi o combate de 11 de maio, o mais importante da Retirada." Nele, o cronista permaneceu dentro do quadrado do 20º batalhão, "todo elle de filhos de Goyaz", aos quais caracteriza como fracos e caquéticos, não lhes tendo nenhuma confiança para protegê-lo, embora saliente a valentia do comandante do 20º: Ferreira de Paiva. Dos saques (as tais cenas deploráveis) que se seguiram ao confronto, também registrou:

"Os cadáveres paraguaios, objetos dos primeiros esbulhos, ficaram assim nus, estendidos ao sol."

E assinala que entre eles estava um soldado paraguaio de corpo atlético, belo, desnudo (quase comete a indiscrição de relatar o tamanho do que realmente julgou digno de menção!), cuja cabeça, de "uma têmpora a outra", fora varada por um projétil. "Tinha os olhos tumefatos" o tal paraguaio morto e, apesar do sangue que perdera, de sob a fronte gotejavam, todavia, "grossas bagas, que pareciam lágrimas". Desse cadáver dum varão paraguaio, Alfredo opina ser "pungente emblema da passagem exterminadora da Guerra sobre sua valorosa nação, aniquilada pelo chefe implacável que a regia".

O tenente não se esqueceu com facilidade de dois fortes e onipresentes personagens fronteiriços: a mulher ameríndia e o homem paraguaio. Mesmo com a obra descrevendo as marchas, os combates, os contratempos, achou um modo de comentar e registrar com jeito simples pequenas homenagens a personagens do seu interesse (em *Dias de Guerra e de Sertão*, ele quase só faz isso). Alfredo percebeu que recordava e redescobria um mundo de gentes, as mais diversas; se misturando e fazendo um novo mundo dentro do seu Brasil...

Ainda nas páginas em que discorre sobre Nhandipá, logo em seguida ao parágrafo ilustrado com o varão paraguaio morto que "chora lágrimas de sangue", o tenente Alfredo nos lega um comentário que é muito mais que um epílogo; fica aqui como uma sábia previsão que ele fizera — ainda que trágica e lamentavelmente pouco ouvida e somenos acatada:

"Quanta ideia lúgubre evoca um campo de batalha! Sobretudo nestas solidões imensas, onde o próprio gênio do mal parecia ter penosamente convocado e reunido milhares de homens para que mutuamente se exterminassem, como se a terra lhes faltara para viverem em paz do fruto do seu labor." (p. 84/85).

— *Nhande opá?*

Há um provérbio romano que diz que a humanidade nunca morre quando um homem escreve e outro lê: *Veritas temporis filia*[13].

Fico me perguntando o que teria sido se Catarina Lopes não ralhasse comigo nem fosse resmungona e dada a lamentações naquele dia... Nem me ordenasse esquecer Nhandipá...? Hã?

Há quem diga que invento tudo isso...! Quando descobrir a exata quantia do balde da memória que despejamos na bacia da imaginação... Talvez estejamos quites.

Notas:

1 — A História (é) mestra da vida — em latim;

2 — Algo fácil de esquecer — em espanhol, título de popular canção na fronteira;

3 — Há lágrimas para os nossos sentimentos — em latim;

4 — Quem com a espada fere perece pela espada — em latim (*eq.* Quem com ferro fere com ferro será ferido);

5 — O inimigo tá na grota — em kadiweu;

6 — Atira no mato! — em kadiweu;

7 — Manda fogo! Manda fogo! — em linguajar kadiweu;

8 — expressão de admiração, em kadiweu;

9 — verdadeiro *lit.* (não é verdade?) — em guarani;

10 — comer/comida, vamos comer, vamos almoçar. *Dja karu* — ir ao bom (lit.). Comida é *tembi'u; tembi'u he* — comida boa. *Tembi'ú haku* — comida quente; comida, alimento — em guarani;

11 — não sei — em guarani/kadiweu;

12 — a história de amor — em francês;

13 — A verdade é filha do tempo — em latim.

Agradecimentos:

Ao Rodines "Oyatetenece" Moraes, pelo vocabulário Kadiwéu/Ejigadegi.

Cemitério dos Heróis da Retirada da Laguna

Ao professor Danilo Cesco, que gosta dos relatos sobre a Retirada da Laguna.
**Nas transcrições aqui postas, manteve-se a grafia exata das obras consultadas.*

Descansam os nossos infelizes chefes à esquerda do Miranda, a alguma distância da entrada do bosque, e em altura correspondente à estância do Jardim, à margem direita.

ALFREDO TAUNAY

Um cemitério no qual não há ninguém sepultado não vale uma história... Mas um cemitério pode valer a história de todos ou de apenas alguns que nele estão dormindo o sono eterno? O cemitério é o fim da vida...? Um cemitério de heróis é tema mais que plausível para uma história — muitas histórias, aliás.

O que mais deveria ter num cemitério desses são restos mortais de heróis, mas neste, que calhou de ser o meu, não há nenhum... Os restos foram exumados e transferidos para a capital federal na Era Vargas. Desde 1935 as covas estão vazias, resta apenas a palavra 'heróis' no nome. Entretanto, há um heroico parente meu — e no maior túmulo, "presenteado" por seu assassino — sepultado ali em 1915 ao lado do pai. E, talvez, este esteja próximo — cerca de sete metros — do meio-irmão, que também lutou na guerra, foi ferido com gravidade, na noite antes do conflito de Nhandipá, só que sobreviveu.

O cemitério-monumento está localizado a quatro quilômetros e meio do centro da cidadezinha de Jardim — menos de trinta mil habitantes — (sei que gostariam de ler sobre a Lagoa Misteriosa, o Buraco das Araras ou os balneários da margem direita do rio Prata...

Mas o *mergulho* aqui é outro), e na famosa margem esquerda do rio Miranda (hoje combalido e assoreado); chamado primeiro de Mbotetei pela indiarada, rio das largatixas, ou jacarés, isso penso por conta dos jacarés perto de sua foz no rio Paraguai, lá embaixo, nos Pantanal; depois nomeado Mondego pelos mamelucos bandeirantes e também pelos monçoneiros, paulistas; para enfim homenagear Caetano Pinto Montenegro e Miranda — governador da província do Mato Grosso. É o mais simbólico monumento e marco de nossa resiliência em fuga, da vitória obtida com nossa derrota, na Retirada da Laguna. Também apelidado de "Campo dos heróis abandonados": uma imprecisão quase imperdoável ao menos para mim, talvez uma confusão e mistura com o Cambaracê?! — ou dos "heróis esquecidos": uma hipérbole fanfarrã para os dias atuais, mas que nas primeiras décadas do século XX tinha lá sua razão de ser, bem como a definição anterior. O homem é um animal que esquece, embora seja também aquele que mais sabe lembrar.

Desde setembro de 2015, está cercado e reajeitado: quase duzentas cruzes brancas no *cemitério* propriamente dito[1], os túmulos de Camisão e Lopes restaurados, o túmulo de José João também — o de Juvêncio não! (desapareceu com as enchentes de dezembro de 2005 — fevereiro de 2006 e não foi reconstruído), tudo isso envelopado por cinco fios de arame em postes octogonais de concreto com cerca de 80 cm de altura. Foi feita uma longa passarela de pedras dividindo o gramado em que vivem ainda quero-queros e, outrora, se viam algumas vacas leiteiras remoendo espantando moscas com o rabo; ladeando a passarela plantaram-se de ambos os lados palmeiras diferenciadas — exóticas, a maior parte num vingou! Sugeri que fossem pindós, guarirobas e carandás: quem sabe um dia...?

Uma cerca maior, com fundação e base de tijolos, postes de concreto, aramado de tela grossa cruzado em losangos, protege tudo isso; mais um portão — que se fez para evitar os carros, as motos, bicicletas, cavalos e vacas — o que acabou por impedir também a entrada dos tamanduás-bandeira, resultado: formigueiros e cupinzeiros aos montes no gramadão da frente devem ser controlados de outro modo. A área cercada mais que quintuplicou, os saudosistas preferem a imagem do cemitério de outras épocas — que também eram alteradas —, mas é inegável o "ar de monumento e local de destaque histórico" que os ajustes promovidos no ano de 2015 nos legaram. Ficou belo, belíssimo, provoca uma nostalgia de ser criança, um arrepio de medo, uma espécie de pudor ao se descobrir que, sem aquela gente que ali morreu, nós sequer houvéramos nascido! Contudo, sei que somos suspeitos. Eu, réu confesso.

Ao fundo, beirando o mato, permanecem as centenárias aroeiras sombreando os simbólicos túmulos. Acompanhando a cerca, o mato está alto; avistei ao fundo à esquerda: uma canafístula, uma sucupira-preta e um pau-terra (bem mais altos que nos tempos de minha juventude); à direita, mais duas aroeiras, um angico já bem taludo, sombreado por uma piúva maior. Do lado direito de quem chega, a cerca vai acompanhada por bocaiuvas e ipês que sombreiam jurubebas, unha-de-vaca e capim-jaraguá; do lado esquerdo por leiteiros ou gurupis, sovela, paus-terra, enleados por um cipoal aqui e ali que faz ramada por sobre os caraguatás. Ali pela metade do gramadão agora cercado, não avistei mais o pé de vinhático (*Plathymenia reticulata*) bem grande, logo à entrada do matagal, com a copa faltando galho — numa forquilha tinha um cupinzeiro, a madeira vermelha à mostra na área do galhão lascado do tronco: o vinhático grandalhão deve ter sido derrubado pelos ventos dos últimos temporais.

O tempo e os ventos não derrubaram algumas lembranças relacionadas ao Cemitério. E as histórias que me vêm à cabeça quando penso no Cemitério não são dos heróis ali sepultados, e sim dos anti-heróis. Quando jovem, ia com os amigos ver ali o pôr do sol, escutávamos música do toca-fitas do carro — uma F-100 prateada com faixa preta, daí o apelido: Tobiana —, conversávamos (música, cinema e literatura), bebíamos (cuba-libre, martini, cerveja, uísque...); certa vez até ensaiamos como desfilar! Íamos ser os modelos do desfile de modas/baile da boutique Ossos no Clube XI de Dezembro, em Guia Lopes da Laguna.

Mas não tenho só recordações em que vivi, participei... Há casamentos que começaram e terminaram por conta do Cemitério. Sei de três em que a mulher pediu a separação quando descobriu a infidelidade do marido, e ele e a amante iam "brincar de médico" lá no Cemitério dos Heróis: dois deles no início da noite, o outro no final da tarde — dois desses casais eram frequentadores do Cemitério concomitantemente, só não permaneceram lá ao mesmo tempo porque quando um saía o outro estava chegando. Até palavras irônicas trocaram ao cruzarem de carro:

— O espaço agora é todo seu... — avisou o usuário que ia embora ao que chegava, num Passat 1978, azulzinho: cueca ou calcinha?

Uma amiga fazia questão de me informar de suas aventuras de juventude no Cemitério dos Heróis (eu era um guri de onze ou doze anos): lá ela perdera a virgindade, lá voltara quase toda tarde ou noite para "ficar numa boa" com o namorado. O pai descobriu e ficou fulo, puto, colérico!

— A gente cria filha para andar pelos matos feito cadela!

Assim ela me contou e chorava. Porque ela também ficou grávida... Nem sei por que lembro a metáfora do pai — dispensável —, pois as cadelas copulam nas ruas e calçadas mesmo, não se dão ao trabalho de irem de carro se amoitarem lá no Cemitério dos Heróis! Coisa de semanas e meus amigos *cachorros* se casaram — não pude ser o pajem, pois contraí rubéola. Estão felizes para sempre! Hoje o bebê tem quarenta e dois anos! Prova viva de que nem tudo que se enterrou no local foram mortos. Ele é vivaz e simpático, piadista, o que me parece um paradoxo, ou karma. Tiveram mais dois filhos, gerados de modo padrão, ou seja: feitos em casa.

Sei de outros três bebês feitos no Cemitério dos Heróis, um deles é minha afilhada. Os outros dois vivem por aí — talvez saibam, talvez só desconfiem, talvez agora irão querer confirmações ao lerem estas linhas... Bem. Há um vivendo em Barcelona. Foi para lá estudar gastronomia e por lá se enamorou: da cidade e de alguém. Outro deles — desses bebês "feitos" no Cemitério — vive na comunidade brasileira em Hamamatsu, no Japão.

De minha parte, confirmo recordação de uma sargenta e de uma coronela, acho que uma meia dúzia de soldadas-rasas pode ser esquecida: sou hipócrita ou pertinente desejando sepultar minhas memórias do Cemitério...? Também uma dezena de soldados... — de farda, mas sem. Contudo, falemos do que está nos livros de História, mas não só.

O Cemitério dos Heróis possui duas datas importantes. A primeira vai da tarde de 27 de maio de 1867 até o dia 1º de junho de 1867, quando o grosso das tropas brasileiras ali acampou esperando que as águas do Miranda abaixassem, então vadearam o rio pra seguirem até Nioaque (chegando a 4 de junho), depois ainda foram para Porto Canuto (chegada, 11 de junho).

A segunda data importante é quando de fato se cria o monumento aos heróis da Retirada da Laguna, um pedido de Taunay ao ministro da guerra, conselheiro João José de Oliveira Junqueira (p. 166/67, *DGS*) pela Comissão de Limites entre Brasil e o Paraguai, no comunicado nº 440 do dia 31 de outubro de 1874. "O Monumento à memória dos benemeritos comandante e imediato das forças brazileiras que operaram no Sul do Mato Grosso, acha-se levantado à margem esquerda do rio Miranda, junto ao Passo do Jardim, no alto de uma collina e a 16 legoas do passo de Bella Vista, no Apa".

"As sepulturas estavam intactas, não haviam sido abertas", nos diz o documento. Quem reconheceu o local foi Gabriel Lopes, "sobrinho do fallecido prático José Francisco Lopes" — segue nos informando. Gabriel estava morando na Fazenda Jardim: "que mora atualmente na fazenda do Jardim e acompanhou as forças".

Pelo documento — redigido/assinado pelo coronel Rufino Enéas Galvão —, sabemos ainda que então foi feito um túmulo de alvenaria coberto por uma placa de mármore com registro escrito sobre a condição e como faleceram Carlos Moraes Camisão e Juvêncio César de Menezes. Também nos diz que "ao lado do monumento mandei fazer uma sepultura de pedra e cal e nella foram depositados os restos do destemido prático das forças, José Francisco Lopes, conforme os desejos de sua viúva" (p.168, *DGS*). Ou seja, apenas sete anos depois da Retirada foi que José Francisco Lopes foi sepultado no Cemitério dos Heróis.

E, entre esses dois jazigos, construiu outro para guardar os ossos insepultos que por ali havia, dos participantes da Retirada da Laguna: "nelle encerrar os ossos que se achavam espalhados de outros bravos ali fallecidos". Se assim é, o túmulo de meu bisavô, assassinado em 1915, data presente no túmulo e ainda hoje visível, foi feito sobre o local do jazigo para os restos mortais dos heróis insepultos encontrados pela Comissão de Limites em 1874. Pois o mesmo documento, assinado pelo coronel Rufino Enéas Gustavo Galvão (presente na Coluna de 1867), indica que este fez construir um jazigo entre os túmulos do Guia Lopes e do Coronel Camisão, conforme já vimos.

Pra finalizar toda obra feita — reconhecimento do local, túmulos, traslados de restos mortais, sepultamento de restos mortais espalhados e insepultos, do pequeno cemitério que é o sinal de tantos valentes defensores da Pátria que sucumbiram neste/naquele remoto lugar... —, coronel Rufino Enéas Gustavo Galvão relata que mandou cercar as sepulturas "com mourões e levantar no vértice da construção uma grande cruz com madeira de lei".

Esse documento nº 440 é de maior interesse para mim, pela simples razão de que notifica estar vivo e morando na Estância Jardim o parente Gabriel Lopes, filho do primeiro casamento de Senhorinha Barbosa (não confundir com o pai dele, Gabriel Francisco Lopes, que foi assassinado pelos escravos dele em 1849). Deduzimos então que chegou com a Coluna até ali, estava com ela, a Coluna, quando sepultaram o tio e o sogro, mas não há registro se permaneceu já morando na Fazenda Jardim (em maio de 1867) ou se seguiu a Coluna até Nioaque, esperando o final da guerra e o retorno de seus familiares prisioneiros em Capilla Orqueta. Algo me diz que aqui ficaram, ele e sua peonada de bugres. Mas como Taunay não registraria algo desse porte? Não viu, não percebeu? Embora fale do retiro do Lopes, das terras do Lopes, da casa do Lopes, do pomar farto e imenso da fazenda do Lopes... As atribulações daqueles dias foram muitas, mas mesmo nos textos escritos anos depois, nos quais refrescou, foi mais bem detalhado ou expandiu suas recordações, nada disso sequer é sugerido.

Gabriel Lopes se juntara à Coluna em 19 de março ou 11 de abril de 1867 (duas datas são citadas), era um dos dez brasileiros que fugira do "campo de prisioneiros de Horqueta, sete léguas de Concepción" (p.149-50, *RdL*); junto dele, estava o primo José Francisco Lopes Junior que faleceria na tarde do dia 26 de maio e fora ferido numa emboscada paraguaia (o grupo foi enviado durante a noite para conferir onde e, se possível, quantos eram os paraguaios que estavam de tocaia, à espera do Exército Imperial), antes do confronto de Nhandipá (p. 79, Ibid).

Além de sobrinho, era genro de José Francisco; como estava morando na Fazenda Jardim e foi quem encontrou o local do Cemitério em 1874, presumo que o túmulo em frente ao de Camisão, um pouco à direita, seja dele. Não sei quando faleceu, nem a mulher dele; as histórias familiares nunca me revelaram. Também é de se notar que não existem descendentes dele e da prima que tomara por esposa. E que as terras nas quais está o Cemitério seriam no início do século XX área de disputas entre Isabel Porcina e Clemente Barbosa frente ao irmão dela, primo e cunhado dele, José João Barbosa Lopes — todos eles herdeiros de Senhorinha Barbosa. Em verdade, pode ser que haviam construído outra fazenda também batizada com o nome de "Jardim", mas na margem esquerda do Miranda; e presentearam uma das filhas, Deolinda, se não me engano, quando esta se casou com Fábio Martins Barbosa. Clemente e Isabel Porcina moravam na Fazenda Monjolinho.

A Fazenda Jardim pioneira e original, que podia ser vista do acampamento do Exército Imperial, ficou aos cuidados de Gabriel Lopes logo após a guerra, pois Senhorinha Barbosa fundou a Arroio de Ouro, em território hoje bela-vistense. Depois foi passada em herança para José Francisco Lopes Filho (naqueles dias de guerra ainda um guri de calça curta, prisioneiro com a mãe, Senhorinha Barbosa, outros irmãos e familiares —inclusive José João, Isabel Porcina e Clemente) em Capilla Orqueta. Logo, o Retiro do Cachoeirinha e a nova Fazenda Jardim — que também pode ter sido fundada e batizada com o mesmo nome por Gabriel Lopes, quando José Francisco Lopes Filho recebeu a Fazenda Jardim original, na margem direita do rio Miranda — estavam em terras que deveriam ter sido passadas para filhos ou netos do Gabriel Lopes e da mulher dele, mas foram parar nas mãos de sobrinhos do mesmo. Daí que concluo não terem Gabriel e a mulher deixado descendentes.

Outra hipótese — bem mais plausível — é que Gabriel Lopes faleceu sem deixar herdeiros morando no Retiro Cachoeirinha. Então, Senhorinha Barbosa passou as terras para José João, incorporando-as à Fazenda Reforma. Quando este foi assassinado, Clemente e Isabel Porcina se apossaram das terras, erigiram a Nova Fazenda Jardim e a presentearam à neta deles. A Fazenda Jardim original e pioneira estava já na posse de José Francisco Lopes Filho, que doaria a gleba para a fundação do patrimônio (Guia Lopes da Laguna) cujo nome homenageia o pai dele: José Francisco Lopes.

Das histórias familiares desse tempo, Abigail Lopes[2] — já falecida —, neta de Bernardino Barbosa Lopes, filho caçula de José Francisco e Senhorinha, me contava também que o Cachoeirinha ficou de morada para a primeira mulher de José Francisco Lopes — uma correntina de nome Maria Pereyra, com a qual teve três filhos — um deles o falecido citado logo acima (ferido antes de Nhandipá e morto horas depois do Cambaracê). Com a viuvez de Senhorinha Barbosa, José Francisco teve de desposá-la pra ajudar as criar os filhos dela e sobrinhos dele, pois sua união com uma estrangeira era nula pelas leis do Império do Brasil. Foi quando construiu a Fazenda Jardim à margem direita do rio Miranda, por volta de 1851. O mesmo local (o retiro do Cachoeirinha) tornou-se terras do meu bisavô, José João; sei — também e principalmente pelos relatos da prima Abigail Lopes e de meu pai — que José João mantinha no Cachoeirinha uma amante bugra (de nome Cassiana) e, dizem, ali escondeu um pote de libras esterlinas debaixo do piso de madeira, na passagem da sala para a cozinha. Ele morava com a esposa oficial na Fazenda Reforma. Cresci ouvindo sobre esse "enterro", que, para muitos, já foi tirado. Para outros tantos, ainda não; e cerca de três senhores meus conhecidos estavam entre os indicados a receber o pote de moedas de ouro. Todos esses recusaram ou não foram atrás do presente enquanto viveram. Ano passado, apareceu um quarto pretendente, que me convidou, disse-me que preciso ir... Pois o pote é para mim! Se eu sumir do mapa... Já sabem, mas se façam de desentendidos.

Bem... Sobre José Francisco Lopes, temos de relembrar que foi sepultado primeiro no Retiro do Cachoeirinha, depois no Cemitério dos Heróis — a pedido de Senhorinha Barbosa, a viúva. E anos depois teve seus restos mortais transladados para o Rio de Janeiro, depositados — junto dos outros heróis — no monumento localizado na Praia Vermelha.

Ainda sobre o local em que primeiro sepultaram José Francisco Lopes, em 27 de maio de 1867 (depois, em 1874, 31 de outubro, foi transladado para o Cemitério dos Heróis, fiquemos atentos), Taunay registra que "foi sepultado em terra que era sua". Sobre sua cova, os companheiros colocaram "uma tosca cruz de madeira". E diz que era um "retiro" da Estância do Jardim que tinha o mesmo nome do ribeirão (era o Retiro Cachoeirinha em que ficou morando a primeira mulher de José Francisco e os filhos de ambos). O ribeirão que cruzariam naquela tarde para estabelecer acampamento, pois a cheia do rio Miranda não permitiu a passagem da Coluna. Taunay não nomeia o ribeirão nas páginas do *Retirada da Laguna*, nem assinala se suas águas também estavam "crescidas", mas sabemos hoje que é o córrego Cachoeirinha e que este, como afluente do

Miranda, costuma subir ao ser contido pelas cheias do Miranda — o que nos leva a concluir que o Miranda estava bem cheio, mas não fora da caixa, campo afora, a ponto de *represar* o Cachoeirinha. Taunay registra que pernoitaram de 26 para 27 no retiro, e que o pouso foi autorizado "na mangueira de Lopes".

Ao acamparem as margens do Miranda, Taunay assim diz:

"No potreiro do velho Lopes, nosso guia, noute hedionda, indescriptivel em que os uivos, as ululações, os gritos de morte dos cholericos como trágico, pavoroso concerto e se ouviam longe" (p. 164, *DGS*).

Em *A Retirada da Laguna*, assinala que o dia 28 de maio chegou com o moral da Coluna muito baixo, pois o rio não permitia passagem, estavam sem comida e atacados pela doença:

"Longe de amortecer, redobrara a cólera de violência. Crescia o número de enfermos e receávamos que, quando o rio baixasse, a ponto de nos dar vau, não tivéssemos remédio senão abandonar o segundo grupo de moribundos..." (p.118, *RdL*).

Sabemos hoje que um segundo abandono não foi feito porque enterraram quase todos os mortos — os que não o foram seriam pela Comissão de Limites, em 1874 —, e muitos foram os soldados que se recuperaram da doença chupando as laranjas do pomar da Fazenda Jardim, do "velho Lopes", trazidas em sacos com a boca amarrada numa corda, segura nos dentes ou amarrada no corpo dos soldados sãos, forçudos e corajosos, que atravessavam o rio a nado. Peladões, duas ou três vezes informa esse detalhe o tenente cronista.

Taunay registra que o local do acampamento da Coluna no dia 27 de maio se fez no alto duma colina, e dali podia se avistar a casa "hospitaleira" do Lopes e o pomar "estupendo", com laranjal carregado de frutos, do outro lado do Rio Miranda. Hoje, essa visão é impossível, porque a colina era um morro de cascalho, pedregoso, e foi o local do qual foi tirado cascalho para a construção das rodovias BR-060 e BR-267 ao final da década de 1930 e início da de 1940, quando por aqui se estabeleceu a Companhia dos

Sapadores que muito contribuiu para a fundação da Vila Jardim; também a feitura dos aterros para a ponte Velha (bem próxima do local, coisa de mil e quinhentos metros) e ainda da ponte Nova do Cachoeirinha, esta última ao final dos anos 1960, início dos 1970. E ainda os aterros e as bases no início dos anos 1990, quando da pavimentação da BR-267 para Porto Murtinho. Fora isso, dali a prefeitura municipal e o Dersul retiravam cascalho sempre que necessário para alguma obra. Pelos meus cálculos *de olhômetro*, cerca de — no mínimo — vinte metros da colina foram rebaixados. O que de fato se encontra hoje no local em que os heróis da Retirada da Laguna estiveram... É *de lascar*: um aterro sanitário, um lixão.

Nós humanos vamos transformando o espaço e o tempo em que vivemos — com labor ou preguiça — atendendo ao nosso consolo, algum conforto e muito orgulho.

Entretanto, analisando em detalhes, o Cemitério — surgido do acampamento, ao lado da colina, num "pântano escuro" — nasceu nestas palavras de Taunay:

"Numa cova aberta, sob grande árvore, no meio da mata, enterrou-se o Coronel com o seu uniforme e insígnias. Em outra cova, imediata e a direita, foi o corpo do tenente-coronel Juvêncio colocado pelos seus companheiros da comissão de engenheiros e alguns oficiais do corpo de artilharia" (p.120, *RdL*).

Ele tão cronista e personagem naqueles dias de maio de 1867. Lembrando-se da fome saciada com as laranjas do "pomar estupendo" de "laranjas deliciosas!" do "velho Lopes", trazidas em sacas pelos soldados mais forçudos e guapos que atravessavam o rio cheio a nado. No *Retirada*, reclama do preço cobrado pelas laranjas, e assinala que Rufino Enéas atravessa de pelota[3] o rio correntoso para impor ordem e dividir equitativamente, demarcando áreas do pomar para cada batalhão. E como um alarido de alívio percorreu a multidão famélica, esfarrapada e apreensiva que se estendeu pelas margens do rio cheio quando viram o tenente são e salvo na outra margem. Então um seu camarada trouxe do outro lado do rio um saco de laranjas, do qual Taunay comeu/chupou vinte e oito delas, diz-nos no *Dias de Guerra e de Sertão* (p.172), e arranja tempo para se rir ao retomar memória do amigo Catão: "morra Martha, porém, farta!" E concluiu que não se "saciava dos saborosos fructos que meu camarada ia buscar em sacos de prompto esvasiados".

Em parágrafo anterior comenta que muitos da Coluna se salvaram por causa dos frutos do pomar do Lopes, antecipando em vinte e cinco anos o que a ciência descobriria: a importância da vitamina C no combate a doenças como o "*collera morbus*".

Porém antes, assim que fincaram o acampamento e que se convenceram de que a travessia era impossível — no mínimo, temerária —, relata sobre a doença e a luta contra ela do comandante Carlos Camisão e de seu imediato substituto, tenente Juvêncio Menezes. Também, como já vimos, informa que o número de doentes crescera sobremaneira nos dias 28 e 29 — este último também o dia da morte e do sepultamento de Camisão e Juvêncio.

De Camisão, registra a agonia e sede que sentia. Sabemos por Taunay que Carlos Camisão dizia: "Dizem que a água mata. Quero água! Deem-me água, pois quero morrer...". Camisão também pedia que defendessem o seu nome, sua memória, como de um eminente e honrado militar e homem — sua fuga de Corumbá quando do ataque dos paraguaios que marcou o início dos combates de guerra parecia lhe pesar na consciência. Já Juvêncio não parecia admitir a iminente morte. Entregou uma bolsinha com as "economias de todo dia" — 600$000 réis — para que Taunay entregasse à viúva, "só por precaução". Veja:

"D'ahi a pouco, já moribundo, variava o infeliz mas assim mesmo me recomendava a bolsa. 'Por precaução, soluçava elle, porque tenho certeza... de ficar bom... chegar ao Rio... e abraçar... os meus... a... Nenéca!...' E soltou o último suspiro. Eram 3 horas da tarde!" (p.165, *DGS*).

Juvêncio Menezes morreu sonhando rever a mulher amada, apaixonado. Herói apaixonado. Será que esse amor influencia para que o Cemitério tenha sido local para encontros de apaixonados...?

Os ossos encontrados pelo chão ali perto — tidos por insepultos — quando a Comissão de Limites veio tornar o Cemitério também um "Monumento", penso que ali estavam não tanto pelos cadáveres não terem sido sepultados, mas por terem sido em cova rasa, com o solo muito molhado e mole, fácil de escavar... Quando a Coluna varou o rio e foi-se embora, os animais carniceiros se aproveitaram disso e...

A quantidade exata de mortos que ali descansaram nos dias derradeiros de maio de 1867 não sabemos. Especulamos algo entre 160 e 200 vitimados por doença e fome. Por bala, só o José João filho do Guia Lopes, mas isso em maio de 1915. Dentre os falecidos, há mulheres e ameríndios. Das primeiras, Taunay narra a situação difícil e dramática, plena de sofrimento e impotência... Expressões faciais de dor e terrível resignação. Calculo que umas 40 ou 50 delas foram sepultadas no Cemitério. Veja um trecho sobre elas durante a travessia do rio:

"No dia 1º de junho, tinha toda columna transposto o rio Miranda: artilharia, bagagens, mulheres (pobres mulheres! Que miséria, que degradação! Andavam aos pontapés; algumas com esfarrapadas crianças ao collo, esquálidas como cadáveres, a mendigarem um rebotalho de alimentos!)" (p. 173, *DGS*).

Dos ameríndios, pelos escritos, eu apenas desconfiava... Porém certeza não tinha. Até porque Taunay registra que dia 26 de maio os kadiwéus deixaram a Coluna pouco depois do episódio do Cambaracê, da morte e do sepultamento do filho de José Francisco Lopes. Diz que foi nas margens do rio Prata (se assim foi, teria sido em terras da Fazenda Tarumã ou Lajeado), e tenho para mim que foi é no rio Verde. Porém, havia ainda grupos de terenas (habitantes de Nioaque, Anastácio e Aquidauana, atuais) e mesmo kadiweus que teriam tolderia na região do córrego Ariranha e em Nioaque, rumo da atual Fazenda Forquilha, mas antes, pouco depois da altura da foz do rio Formoso na margem esquerda do rio Miranda — a tolderia localizar-se-ia na margem direita. E os textos (*Retirada da Laguna*/*Dias de guerra e de sertão*) de Taunay não afirmam isso, mas deixam transparecer. Podendo-se cotizar com passagens no *Entre nossos índios*. Esses ameríndios teriam seguido na Coluna até esta chegar a Nioaque. Alguns deles podem ter sido vitimados pelo cólera e sepultados no Cemitério.

Em agosto de 2018, numa palestra em evento cultural no anfiteatro da Universidade Estadual do Mato Grosso do Sul, campus de Jardim, o sargento Henrique da Quarta Companhia de Combate Mecanizada admitiu haver corpos de índios guaikurus sepultados no Cemitério dos Heróis. Foi a deixa, o estopim e a conta para que meu compadre Marcus Ruiz e o kadiwéu Oyateteneke, Rodines Moraes de Barros, presentes na apresentação, fizessem com que ocupássemos duas horas da noite subsequente na redação de um ofício[4] solicitando ao comandante da 4ª Cia. que autorizasse a realização de cerimônia fúnebre de despedida e homenagem aos kadiweus ali mortos, que consiste em sepultar cavalos sacrificados e erigir um totem/estandarte com crânios desses animais pintados com grafismos simbólicos do universo mítico-religioso dessa etnia. A intenção é que cavaleiros e cavalos se reencontrem lá do outro lado, noutra dimensão.

A propósito, o Rodines Barros disse-nos que a palavra "*Apigo*" denomina "cemitério" no idioma kadiwéu.

No centenário da Retirada da Laguna, meu tio Alcides Cavalheiro Flores era o prefeito de Jardim. Ele me contou algumas vezes, com didatismo e algum orgulho, que a cruz de aroeira ali colocada pela Comissão de Limites em 1874 na oficialização do Monumento ainda estava em pé, meio esboroada, mas ainda de sentinela e marco, cem anos depois. A famosa grande cruz de madeira de lei. Ainda me recordo da cruz em 1977, na comemoração dos 110 anos da Retirada...! Houve corrida com tochas, estudantes de Jardim e Guia Lopes da Laguna participaram. A cruz estava ainda em pé, mas muito brocada e furada por cupins. Talvez um temporal a tenha derrubado, como fez com o vinhático grandalhão!? É bem possível que numa tarde de temporal, de chuvas torrenciais como a que colheu, fez sofrer e penar a Coluna nos idos de maio de 1867, um tempo feio desse tenha derrubado a cruz solene, por fim. Comprovando as tristes e célebres palavras de José Francisco Lopes quando sepultou seu filho, respondendo aos soldados que cavavam a sepultura e lhe avisaram que o solo estava muito úmido e até encharcado:

— "Agora que importa? Entreguem à terra o que lhe pertence!"(p. 115, *RdL*).

Relembrar e escrever traz o estigma de cavalo redomão, de vaca roceira, de cachorro aluado, desses que mordem o focinho da rês, mas também se empolgam e lhe rasgam a orelha ou — e isso acontece mais ainda —, se acham no direito de dar dentadas no garrão da rês, levando uns coices. Platão disse que o homem é um animal que fareja a verdade. Seremos desta matilha: perdigueiro nos campos, onceiro na mata e guia de cego pelas bibliotecas.

O final das nossas histórias é sempre uma tumba — ou cinzas. Mas, enquanto houver Humanidade, a História não tem fim...

"A primeiro de junho, à tarde, achamo-nos todos, afinal, reunidos em tôrno da casa de Lopes, no seu pomar, por nós despojado dos frutos." — informou Taunay. (p.125, *RdL*). "À tarde o clarim do quartel general deu signal de marcha, embora ameaçasse o tempo tremenda trovoada." — relembrou (p.173, *DGS*).

Do outro lado do rio, ficavam os mortos, o Cemitério, os heróis. Os quatro batalhões e o pessoal agregado da Coluna se foi para Nioaque. Mas, pensando bem, eu mesmo ainda não fui, nem vou — vou permanecer aqui contando histórias. Já lhe falei da granada calibre 4 la Hitte...? Duma tropa paraguaia que vigiou a Coluna quando esta estava acampada esperando o rio dar vau? Do Calixto Andrade, que sobreviveu ao massacre do Cambaracê? Dizem que os despachos de maldade e amarrio feitos no Cemitério dos Heróis nunca funcionam... Certa vez, gravamos um programa de televisão sobre Serra da Bodoquena ali no Cemitério dos Heróis... Gente sensível e mediúnica não gosta de ir ao Cemitério... Menos ainda de noite!

Basta! Decidi ir arrancar meu La Plata Yvygui. Esse pote de libras teria sido guardado por Gabriel Barbosa Lopes ou pelo José João Barbosa Lopes?

Notas:

1 — tombamento em 11 de junho de 2015, com substituição do nome para "Lugar em que estiveram sepultados o guia Lopes, o coronel Camisão e o tenente-coronel Juvêncio", p. 62. Catálogo do Patrimônio Histórico e Cultural de Mato Grosso do Sul. Santos & Castilho, 2016;

2 — Teodorico Cabral bem me informou que Abigail é filha de Nercia e Jorge, sendo que Nercia é filha de Bernardino Lopes e Emília;

3 — tipo de embarcação, de canoa, de jangada, feita com couro de bovino, puxada por uma corda amarrada ao corpo do nadador e empurrada por outro — ou outros — nadadores;

4 — o documento foi encaminhado para as instâncias superiores do Ministério da Defesa, e seguimos aguardando resposta.

Jaminho (James Jorge Barbosa Flores)

nasceu em 08 de janeiro de 1965 em Guia Lopes da Laguna/MS. É escritor, professor e jornalista, pesquisador da história e cultura do Mato Grosso do Sul, a qual transforma em relatos ficcionais versando sobre os elementos culturais identitários e simbólicos do MS. Já publicou livros de contos, como: *Punhal enluarado*; *Guarânias dizem adeus*; *Onça pitoca* e *Tereré sem anestesia*. É membro da União Brasileira de Escritores — MS.

este livro foi editado

no inverno

de 2023